FOLIO JUNIOR

Sylvie Brien

Une enquête
de Vipérine Maltais

Mortels Noëls

GALLIMARD JEUNESSE

À mon Clo

Tout raisonnement se réduit à céder aux sentiments.
Blaise Pascal

© Éditions Gallimard Jeunesse, 2004, pour le texte
© Éditions Gallimard Jeunesse, 2018, pour la présente édition

Prologue

Malgré un froid mordant, l'avant-veille de Noël 1920 avait à peine saupoudré sur Montréal quelques poignées de blanc duvet. Pendant la nuit, la vilaine saison avait même poussé l'ignominie jusqu'à glacer les rues désertées de la ville, les rendant lisses comme des patinoires que l'aube s'amuserait plus tard à teinter de reflets sanglants.

Dans la pénombre du long dortoir s'alignaient sagement, côte à côte, une vingtaine d'unités dont chacune était formée d'un lit, d'une chaise et d'une armoire. Cette nuit-là, cependant, bien peu de pensionnaires occupaient les lieux. Le froid faisait éclater le métal des clous en produisant un cri bref auquel succédaient parfois les toussotements des dormeuses.

Soudain, alors que l'horloge du rez-de-chaussée venait à peine de sonner une heure, un cri effroyable s'éleva dans la nuit pour nous figer le sang dans les veines. Un long hurlement hideux, pareil à celui de quelqu'un qu'on égorge. Je m'assis, raide dans mon lit, le cœur me battant jusque dans les tempes, la respiration saccadée. Était-ce un cauchemar ? L'instant d'après, la lumière du plafonnier me brûla les yeux, preuve que je n'avais pas rêvé. Je m'assurai aussitôt, d'un regard inquiet, de la présence à mes côtés de ma sœur benjamine Olivine qui, à l'instar de nos trois autres compagnes échevelées, avait blêmi de peur. Dans sa robe de nuit, coiffée de son bonnet, la jolie et jeune novice[1] Alphéna se dressait près du commutateur.

— Ce n'est rien, mesdemoiselles, assura-t-elle avec calme. Un cauchemar de l'une de nos sœurs. Rendormez-vous vite, maintenant.

Ce qui fut fait. Cependant, dès le petit déjeuner du lendemain, et juste après le premier office, une rumeur se répandait déjà comme une traînée de poudre jusqu'au réfectoire, un réfectoire déserté par la plupart des couventines, parties passer les fêtes de fin d'année dans leurs familles respectives. Cette rumeur m'atteignit de plein fouet…

---
1. Personne qui fait l'apprentissage de la vie religieuse avant son admission au sein de l'ordre et de la communauté.

– C'est sœur Aurore qui a crié cette nuit, chuchota Olivine entre deux cuillerées de bouillie d'avoine insipide, dont elle aspergea le col romain en caoutchouc de sa sévère robe noire. Il paraît qu'elle a vu un fantôme. On l'a amenée à l'infirmerie.

– Ça doit être le troisième spectre de Charles Dickens qui vient pour la chercher ! gloussa à son tour la maigre et rousse Alice Bourret, assise à sa gauche.

Olivine pouffa de rire et ses trois compagnes de table, âgées tout comme elle de douze ans, lui firent chorus, pour ensuite entamer, en catimini, le refrain qu'elles avaient composé en l'honneur de la nonne détestée :

Sœur Aurore est morte, sœur Aurore est morte (bis)
Elle ne dira plus : fais pas ci, fais pas ça (bis)
Fais pas ci, pas ci, fais pas ci, pas ça (bis)

Je secouai la tête d'un air découragé : comment pouvaient-elles être encore si immatures alors que la loi les autorisait à se marier depuis l'âge de douze ans ? Toutefois, avant même que je n'aie songé à octroyer à ma sœur, d'un an ma cadette, quelque bon coup de pied sous la table, une voix outrée s'élevait dans mon dos, pour nous faire sursauter :

— Mademoiselle Vipérine Maltais, veuillez me suivre immédiatement dans mon bureau, tonna la directrice, sœur Saint-Ignace.

La sœur directrice, vêtue d'une éternelle robe noire et coiffée d'un voile garni d'un fronteau blanc, se pencha légèrement vers moi. Elle était fort petite et le crucifix qui pendait à son cou effleura malencontreusement le bureau qui nous séparait et sur lequel se dressaient les impeccables piles de bulletins de fin de trimestre à signer. Je la sentais mal à l'aise. Contrairement à l'habitude qu'elle avait de s'entretenir en public avec les élèves du couvent, elle m'avait priée de refermer la porte derrière nous pour éviter les indiscrétions des fouineuses.

On m'avait maintes fois assuré que sœur Saint-Ignace ressemblait vaguement à ma mère et qu'elle avait sous son voile à cornette pointue, en vraie Tremblay qu'elle était, les cheveux aussi noirs et aussi raides que les plumes d'un corbeau. Cependant, la seule photographie que je possédais de maman, prise peu avant son décès, à la naissance d'Olivine voilà de cela douze ans, ne m'avait toujours pas convaincue de la justesse de cette affirmation. Qui plus est, je n'avais jamais réussi, en toutes ces années de tentatives, à entrevoir la moindre sainte mèche de cheveux sous l'opacité de l'étoffe.

– On m'a dit qu'Olivine avait accompagné notre sœur économe[1] hier avant midi, pour la collecte des étrennes, commença-t-elle en troquant le vouvoiement obligatoire envers les élèves pour un ton plus chaleureux et plus intime. T'en a-t-elle parlé ?

– Oui, ma tante, répondis-je, soudain inquiète pour ma jeune sœur un peu sotte, en triturant le rebord de ma robe noire en serge, le costume du pensionnat. Sœur Aurore s'est-elle plainte d'elle ?

– Au contraire, mon enfant, m'assura Saint-Ignace en souriant avec bonté. Elle a bien travaillé, tout comme ses compagnes de classe d'ailleurs, et nous ne manquerons pas de denrées ni d'étrennes cette année encore. Quelles maisons a-t-elle visitées ?

– Elle m'a dit s'être rendue chez la veuve Dufour, puis chez le notaire, répondis-je, en cherchant à comprendre pourquoi ma grand-tante m'interrogeait, moi, plutôt qu'Olivine.

---

[1]. Personne chargée des dépenses dans une communauté religieuse.

— Quel notaire ? dit-elle en sourcillant.

— Celui qui vérifie les comptes du pensionnat, je crois.

— Maître Philéas Leduc ? Oui, le cher homme travaille bénévolement pour nous depuis environ vingt ans. Dis-moi, Olivine t'a-t-elle confié que notre sœur économe aurait eu un malaise à un certain moment ?

Elle me regardait d'un air soucieux et ses gros yeux bruns s'arrondirent derrière les verres épais de ses lunettes argentées. Je cherchai vainement un souvenir qui puisse la contenter et fronçai les sourcils sous ma frange noire mal taillée.

— Olivine n'a pas mentionné le moindre malaise, répondis-je finalement. Elle a trouvé sœur Aurore aussi nerveuse et aussi agressive qu'à l'accoutumée.

Je me mordis aussitôt la lèvre inférieure, m'attendant à ce que ma grand-tante me rabroue. À mon étonnement, cependant, Saint-Ignace parut plutôt soulagée. Elle se pencha davantage vers moi.

— Ce que je vais te confier doit demeurer entre nous, ma petite Vipérine, murmura-t-elle sans réaliser que je la dépassais d'au moins trois têtes. Tu n'as que treize ans mais j'ai toujours eu une grande confiance en ton jugement plus que perspicace. N'es-tu pas notre élève la plus studieuse et la plus douée de notre école normale ? Sœur économe affirme que, hier, elle a involontairement ramené quelque chose au couvent. Quelqu'un, devrais-je dire…

J'agrandis les yeux, intriguée, et attendis de longues secondes une suite qui ne vint pas.

– Mais parlez donc, ma tante ! m'impatientai-je, piquée par la curiosité, en me penchant vers le visage de la sexagénaire.

– Selon elle, il s'agirait d'un revenant, continua-t-elle en baissant d'un ton une voix qu'elle avait déjà fort grave. Cette entité maléfique, quoique invisible, l'aurait suivie jusqu'ici et même jusque dans sa cellule où, pendant la nuit, elle aurait tenté de l'étrangler.

Ce disant, la vieille religieuse se signa. Je ne pus m'empêcher d'afficher un air perplexe, ce qui fit naître une vilaine ride de désapprobation sur le visage de ma grand-tante.

– J'avoue que tout ceci peut paraître incroyable, bien que notre évêque m'ait déjà assuré que certaines âmes du purgatoire se font parfois voir et entendre, admit Saint-Ignace après avoir toussoté deux ou trois fois. De plus, connaissant sœur

Aurore depuis vingt-six ans, je ne peux croire qu'elle ait inventé une fable aussi grotesque. Elle en a presque fait une crise d'apoplexie, la pauvre ! Comme tu le sais, il faut exclure que notre bonne compagne souffre de quelque trouble mental que ce soit. Sœur économe est notre religieuse la plus terre à terre, la plus sensée et…

— Et la plus coriace qui soit, complétai-je, dare-dare.

— Pour ma part, j'ai l'intime conviction que quelqu'un de bien vivant, pour une raison que j'ignore, veut se débarrasser de notre économe, continua-t-elle sans relever ma nouvelle impertinence. D'ailleurs, n'importe qui aurait pu s'introduire dans notre école par la porte de service qui n'avait pas été verrouillée ce soir-là.

— Avertissez la police, suggérai-je.

— Elle refuserait sans doute d'enquêter sur un fait qui paraît aussi loufoque. Non, je veux régler cette affaire moi-même et j'ai besoin de ton aide, Vipérine. Je n'ai pas oublié avec quelle perspicacité tu as su retrouver le voleur de la bague de notre chanoine le mois dernier. Tu réussis toujours à t'insinuer partout sans que rien n'y paraisse et je te donne carte blanche, ma chère nièce.

Nous devons tenter toutes deux de faire la

lumière sur cet événement avant qu'un mal irréparable n'affecte la congrégation et ne retombe sur le couvent.

Son allusion à une vipère se glissant sournoisement dans les moindres recoins du couvent me rappela douloureusement le stupide prénom dont j'étais affublée. Sans doute mes parents l'avaient-ils choisi en jouant à colin-maillard un jour de grisaille, le pointant au hasard dans une liste tout aussi stupide...

J'acceptai malgré tout d'épauler ma grand-tante. Celle-ci me remit une lettre m'autorisant à aller et venir à ma guise à l'intérieur des murs de son établissement et à interroger ses occupants si je le jugeais nécessaire.

En devenant la coïnvestigatrice de cette enquête, j'étais cependant loin de me douter de la monstruosité des deux masses enchevêtrées qui se cachaient sous la pointe de l'iceberg.

1
Sœur Aurore

En ce lendemain de Noël, et contrairement aux nombreux hôpitaux de la ville, l'infirmerie du couvent était presque déserte. La raison en était fort simple : on avait depuis longtemps éradiqué le péché de gourmandise des tables de la congrégation, où l'on savait faire bonne chère sans tomber dans l'excès.

Je promenai un long regard à travers la vaste pièce immaculée dans laquelle s'alignaient, tout comme dans le dortoir des sept nains, sept lits étroits au-dessus desquels on avait accroché des crucifix dorés. J'allais sourire de cette image en cherchant malgré moi celui de Blanche-Neige quand, soudain, le parfum de l'alcool à friction dérangea mes narines. J'aperçus près d'une fenêtre, assise sur le lit du fond, la silhouette décharnée de notre sœur économe. Calée dans des coussins, elle m'attendait en lisant son bréviaire, revêtue d'une chemise de nuit jaunie. C'était la première fois qu'il m'était donné de voir la religieuse en habit de laïque, sans costume ni voile. Ses cheveux marron, rares mais gras, coupés au carré, retombaient en frange sur son front fuyant. Malgré ce que m'avait dit ma grand-tante, sœur Aurore me parut bien plus âgée que ses cinquante ans. Je m'approchai d'elle sans lui trouver l'air malade.

– Il était temps ! me rabroua-t-elle en refermant furieusement son livre de prières et en dardant sur moi ses petits yeux perçants.

Je m'assis sur la chaise attribuée aux visiteuses, après avoir enlevé la boîte de chocolats et le ruban qu'on y avait déposés.

– Vous voilà presque remise, ma sœur, constatai-je en retenant un sourire moqueur.

– Bonté divine ! On voit bien que tu n'y connais rien ! s'exclama-t-elle en m'arrachant férocement le carton de friandises que je tenais sur mes genoux et dont je ne savais que faire. Je suis presque à l'agonie, ma fille. C'est un prêtre exorciste qu'il m'aurait fallu pour me secourir. Je ne comprends pas pourquoi notre révérende mère supérieure t'a chargée, toi, de l'aider dans cette enquête. Je me sens si abandonnée.

Je ravalai ma salive. Sœur Aurore avait une façon atroce de rouler les *r* qui m'horripilait et me faisait frémir.

– Heureusement que des gens vous visitent, remarquai-je avec douceur.

– Heureusement ! gémit l'infortunée. La veuve du docteur Dufour est une personne si charitable ! C'est d'ailleurs la seule qui se soit donné la peine de penser à moi et de m'apporter un petit présent depuis que je suis alitée.

Je ne relevai pas ce qui me sembla être une accusation.

– N'avez-vous pas aussi rencontré Mme Dufour lors de la cueillette des étrennes ? lui demandai-je.

– Si. Elle a fait preuve d'une grande générosité à notre égard, comme le faisait d'ailleurs son défunt mari. Le docteur Dufour était à ce point dévoué qu'il est décédé en soignant ses malades de la grippe espagnole, il y a deux ans.

Je détestais qu'on me remémore cette grippe qui avait tué quatre mille cinq cents Montréalais en moins d'un mois, dont trois de mes cousines.

– Racontez-moi en détail tout ce qui s'est passé le 23 décembre, lui demandai-je en extirpant de ma poche de sœur[1] le petit calepin noir et le bout de crayon que m'avait offerts Saint-Ignace.

– Si tu veux, se résigna la nonne.

Elle aiguisa son regard sur la grande poutre de soutien du plafond et d'où pendait, lamentable, une guirlande de papier décolorée puis, se calant plus profondément encore dans ses oreillers de plume, ferma à demi les yeux.

– Cet affreux jeudi a débuté comme tous les autres jours, ma fille, commença-t-elle d'une voix morne. Je me suis levée à cinq heures pour assister à la messe, j'ai mangé au réfectoire en compagnie de ma chère Alphéna, qui sera reçue religieuse dans quelques mois au sein de notre congrégation grâce à mes bons soins. Vers huit heures, je me suis rendue avec trois autres sœurs à l'auditorium pour rencontrer les élèves chargées de nous accompagner pour la collecte des étrennes.

La religieuse afficha une moue déconfite.

– Il faut bien venir d'une famille de seize enfants comme la tienne pour passer tout le temps des fêtes au couvent ! renâcla-t-elle. Quelle idée pour ton père, qui a déjà dix enfants sur les bras, de se remarier à une veuve en ayant six autres,

---

[1]. Poche suspendue à une ceinture dissimulée sous la robe et à laquelle on accède par une ouverture dans le tissu.

aussi ! En tout cas, j'ai dû consoler ta sœur Olivine qui pleurait à fendre l'âme. Je l'ai suppliée de pardonner à ton pauvre papa, qui ne pourra pas venir vous chercher avant les vacances de Pâques. Le pauvre homme a pourtant engagé tes deux frères aînés à la laiterie. Je ne comprends pas que leur charge de travail soit lourde au point d'empêcher l'un d'eux de s'absenter de Lachine quelques heures pour venir vous quérir, bonté divine ! Mais, que voulez-vous…

La méchanceté de sa remarque me fit l'effet d'un poignard en plein cœur, mais je restai aussi froide que du marbre pour lui éviter le plaisir de savoir qu'elle avait atteint sa cible. Elle laissa fuser un soupir de découragement, avant de refermer d'une main sèche le col de sa jaune jaquette.

– J'ai ensuite pris ta sœur avec moi (la chère enfant !), pour lui montrer que je l'aime bien malgré son caractère puéril et difficile, continua-t-elle.

– Vous avez donc toutes deux quitté le couvent vers huit heures et demie ?

– Huit heures et quart, corrigea l'économe en levant un index. Il ventait à décorner les bœufs et il nous a fallu plus de vingt minutes pour nous rendre à notre première destination, chez la veuve Dufour.

— Vous souvenez-vous de l'adresse exacte, ma sœur ?

— Mme Dufour habite au 230 de la rue Logan, et le notaire au 160 de la rue Dufresne. Je les visite chaque année depuis presque vingt ans.

— Que s'est-il passé chez Mme Dufour ?

Pendant quelques secondes, la sœur économe sembla hésiter. Elle pinça finalement les lèvres et répondit, les yeux fixés sur ses doigts croisés :

— Nous ne sommes pas entrées dans la maison, admit-elle. Un jeune rouquin un peu insolent (sans doute un domestique) nous a répondu que Madame était couchée parce que souffrante. Puis il nous a remis une enveloppe contenant, comme à l'habitude, une somme rondelette, avant de nous refermer la porte au nez.

La religieuse chercha alors mon regard.

— Mme Dufour est une très belle femme, ma fille, mais la beauté est un cadeau empoisonné offert par le diable. L'épouse du docteur a toujours été maladive et chétive et n'a pas pu avoir d'enfants ; de plus, elle ne peut rien manger et doit garder le lit plus de dix jours par mois. Sois donc heureuse de n'être pas belle, Vipérine, tu possèdes une santé de fer !

— Dans ce cas, il n'y a pas de raison que vous

soyez souffrante, ma sœur, répliquai-je avec ironie.

— Bonté divine ! s'écria la nonne. Je ne le serais pas si quelque chose ne s'en était pris sournoisement à moi cette nuit-là !

— Vous vous êtes ensuite rendues chez maître Philéas Leduc ?

— Tout à fait. C'est Hortense, la cuisinière, qui nous a répondu. Elle a de ces manières de rustre celle-là ! Quelle femme grossière et impolie ! Elle nous a conduites au salon, où nous attendait déjà M. le notaire. Il nous a fait asseoir et nous avons causé de la pluie et du beau temps pendant quelques minutes. Notre bienfaiteur était de fort bonne humeur et nous a même offert un petit verre de vin rouge.

— Vous avez accepté ? m'étonnai-je.

— Bien sûr que non, bonté divine ! se défendit sœur Aurore en agrippant fermement le col de sa chemise de nuit. Ce serait encourager le vice. Maître Leduc, qui a une jambe de bois comme tu le sais, nous a ensuite priées de monter à l'étage pour récupérer l'enveloppe et le sac déposés sur la commode devant l'escalier.

— Hortense n'aurait-elle pas pu monter elle-même ?

— La pauvre femme a vingt-cinq ans de plus que le notaire et son grand poids est un handicap, ma fille.

— Vous êtes donc montées à l'étage toutes les deux.

— Sans nous y attarder, bien sûr, confirma-t-elle. Au beau milieu de l'escalier, j'ai cependant dû céder le passage à un jeune effronté habillé en marin qui dégringolait l'escalier en trombe sans nous voir.

— Qui était-ce ?

— Je n'en ai pas la moindre idée, mais j'ai été trop courtoise pour m'en informer. Le petit exubérant, un bambin d'à peine trois ou quatre ans, ne s'est pas même excusé ! Nous sommes parties immédiatement après avoir récupéré les dons.

— Que contenait le sac ?

— Des fruits, des friandises, des livres et des bougies colorées, qui vous seront distribués au Jour de l'an, comme d'habitude. Il n'est pas question pour le couvent de suivre la mode anglophone et d'offrir les présents à Noël.

— Ensuite ?

— Ensuite, rien, riposta-t-elle. Nous sommes rentrées et avons vaqué à nos besognes quotidiennes. Il n'y a rien de plus à dire.

– Vous êtes-vous couchée tôt, ce soir-là ?

– Je suis montée à ma cellule vers onze heures, après avoir passé la soirée à comptabiliser les revenus de la congrégation et à vérifier des chiffres qui ne concordaient pas avec ceux de maître Leduc. En m'y rendant, je me souviens de m'être sentie suivie, je me suis même retournée au beau milieu du couloir pour vérifier si quelqu'un ne marchait pas derrière moi. J'ai soufflé mon lampion et je me suis couchée après avoir remercié notre divin Créateur de Ses bienfaits.

Elle arrondit alors les yeux d'épouvante en croisant instinctivement ses mains sur le devant de son cou décharné.

– Quelque chose d'horrible m'a réveillée pendant la nuit, Vipérine, bégaya-t-elle d'une voix qui escalada subitement deux octaves. Cette chose m'a d'abord secouée par les épaules, puis j'ai senti deux mains glacées qui me serraient la gorge. L'air n'entrait plus dans mes poumons ! J'ai cru mourir étouffée et c'est un véritable miracle que je sois parvenue à crier. Ma chère Alphéna est alors accourue à mon secours. Elle m'a demandé si j'étais malade, et a allumé le plafonnier pour ensuite se rendre au dortoir et vous rassurer toutes.

Je me levai. La religieuse me regarda en fronçant les sourcils.

– C'est tout ? s'étonna-t-elle. C'est à peine si tu as pris des notes !

– J'ai une excellente mémoire, répliquai-je. Puis-je aller examiner votre chambre, maintenant ?

– Bien sûr, mais ne fouille pas dans le sac d'étrennes qui est sous mon lit, m'avertit-elle.

– Une dernière question : vos chocolats sont-ils bons, ma sœur ?

– Comment veux-tu que je le sache ? Je n'y ai pas encore goûté, pesta-t-elle. Tu oublies que j'ai été prise de vertiges et de vomissements une nuit entière et que j'ai failli mourir étranglée, ma fille !

– La boîte a pourtant été ouverte et le ruban arraché, plaidai-je.

Elle me regarda bizarrement, avant d'enchaîner très vite :

– J'ai offert quelques chocolats à Mme Dufour lors de sa visite ce matin, admit-elle, sans même penser à m'en offrir aussi. Après tout, c'est elle qui me les a donnés.

Je me rendis au second étage, dans l'aile réservée aux religieuses. La cellule dépouillée de sœur économe ne mesurait, à l'instar des autres, que deux mètres de largeur sur deux mètres et demi de profondeur. Elle contenait un lit étroit, une armoire et un prie-Dieu. Sur le dessus de la commode, une bible et un lampion étaient déposés devant une statuette de la Vierge. Dans ce lampion, une minuscule bougie de couleur turquoise pâle, plantée dans la cire, était éteinte, presque totalement fondue.

J'examinai avec attention la vieille photographie en noir et blanc exposée dans le cadre ovale suspendu en face du lit. Deux personnages s'y tenaient par la main en souriant : une toute petite fille et une jeune femme brune, à l'air sévère. Je reconnus cette dernière comme étant sœur Aurore. Je m'accroupis sur le plancher de linoléum pour récupérer le sac de jute caché sous le lit, derrière un gros registre de comptes poussiéreux. J'ouvris le sac. Les fruits avaient disparu, sans doute remisés dans la chambre froide de la cuisine du réfectoire, mais les livres et les friandises attendaient toujours d'être distribués. Cependant, je ne trouvai aucune trace des bougies colorées. Je replaçai le sac sous le lit et ouvris ensuite l'armoire. Sous une pile de robes noires toutes identiques et pliées à la perfection, je tombai soudainement sur huit bougies colorées en vert bleuâtre, semblables à celle que contenait le petit lampion.

Satisfaite, je refermai silencieusement la porte et sortis.

2
Olivine Maltais

À ce stade, la principale difficulté (et non la moindre !) consistait à demeurer parfaitement impartiale, qualité essentielle à tout enquêteur qui se respecte. J'avais rejoint ma petite sœur chérie à la salle d'études du premier étage. Assise au dernier rang en compagnie de son maigre contingent de tapageuses, elle lançait des boulettes de papier pour tenter d'égayer ce lendemain de Noël trop rigide.

– Olivine Maltais, je vous autorise à partir avec Vipérine, annonça finalement la sœur surveillante après avoir lu la lettre d'autorisation que je lui avais remise et qui était signée par la directrice.

Alice Bourret nous apostropha de son habituel « chouchous ! » tandis que nous quittions dignement l'atmosphère étouffante de la salle d'études.

Olivine lança aussitôt à sa copine un affreux pied de nez sans que je parvienne encore à m'expliquer comment l'amitié de ces deux-là pouvait survivre à tant de mesquineries.

Nous descendîmes au réfectoire, totalement déserté à cette heure-là, et Olivine s'assit à notre table habituelle. Je refermai soigneusement la porte derrière nous.

– Tiens, on a conservé les décorations ! m'étonnai-je en remarquant les branches de sapin et les pommes de pin odorantes qui agrémentaient encore les longues tables à tiroirs contenant nos couverts respectifs.

– Je déteste Noël, vociféra Olivine en croisant rageusement les bras.

Puis, son regard mouillé s'accrocha au mien.

– Il faut bien venir d'une famille de seize enfants pour poireauter au pensionnat pendant les vacances de Noël ! s'étrangla-t-elle.

Je reconnus l'expression favorite de sœur Aurore. Je m'assis près de ma petite sœur, qui était la plus jeune mais aussi la plus jolie de notre famille, et caressai ses cheveux noirs, lesquels, comme les miens, avaient été coupés au carré à la hauteur du menton et sans grand soin, par une religieuse trop pressée ayant peur des poux.

– Nous avons eu un splendide réveillon, l'apaisai-je. Quand les religieuses sont venues nous réveiller à minuit avec des cierges et des chants pour nous escorter comme des anges jusqu'à la chapelle illuminée, je croyais être montée au paradis. Quelle atmosphère féerique et surtout, quel festin ! Des tourtières, des cretons, du ragoût de boulettes et de pattes de cochon, des atocas, du lait de poule, des beignets, de la bûche au chocolat avec de la crème glacée ! Tu n'aurais jamais si bien mangé à la maison !

– C'est vrai, admit Olivine en souriant à travers ses larmes. Elle était géniale, cette veille de Noël. Et ma tante Saint-Ignace qui nous a inondées de baisers et de friandises… Alice-la-jalouse m'a dit que j'étais sa préférée parce que c'est moi qui ai récité les compliments avant le réveillon : « Fleurs privilégiées, nous sommes les symboles des sentiments. »

J'avais réussi à la convaincre une fois de plus que la vie voulait son bonheur malgré des apparences contraires. Je soupirai. Olivine était si vulnérable du fait que maman n'était plus là ! Je me sentais donc un peu responsable de son bien-être. Je m'exerçais d'ailleurs depuis quelque temps à affirmer notre bonheur pour l'obtenir et ça ne réussissait pas trop mal.

— Tu es ma préférée à moi aussi et je serai toujours avec toi, ma Vivine, murmurai-je. Veux-tu bien me dire ce qui te rend si triste ?

— Sœur Aurore a traité papa de sans-cœur pour nous avoir laissées ici, renifla-t-elle en essuyant les larmes qui couraient toujours sur ses joues rougies. Les six enfants de la veuve Miron sont tous à la maison, eux.

— Il faut la comprendre, la pauvre veuve, la défendis-je aussitôt. Elle aurait manqué de cœur en laissant plus longtemps ses enfants à l'orphelinat alors qu'elle est remariée et qu'elle vit dans un beau grand logement.

— Oui, mais elle a réquisitionné toutes nos chambres pour y installer ses rejetons, même les chambres des grands ! protesta encore Olivine. Tu sais bien que Blandine, Eulogue et Corinne se sont chicanés avec la belle-mère et sont partis de la maison à cause de ça !

— Pauvre papa, il devait avoir le cœur brisé de ne pouvoir embrasser aucun de ses enfants à Noël…, soupirai-je.

— En tout cas, si quelqu'un pouvait m'offrir une paire de patins pour le Jour de l'an, je me rendrais moi-même à Saint-Henri par la glace du canal de Lachine, juste pour l'embrasser, souffla Olivine.

Nous éclatâmes de rire, avant que je ne demande avec sérieux :

– Raconte-moi tout ce qui s'est passé jeudi dernier avec la sœur économe, Vivine.

Elle se moucha, puis boudina avec application une mèche de ses cheveux couleur charbon entre ses longs doigts. Elle aurait pu être pianiste avec des mains pareilles.

– Après la messe et le petit déjeuner, j'ai enfilé mon manteau de drap vert et je suis allée rejoindre sœur Aurore à l'auditorium avec les autres élèves choisies pour la collecte. C'est bien le seul tirage de l'année où mon nom a été tiré, tiens ! Je me suis placée en ligne pour l'inspection. Quand sœur Aurore est passée devant moi, elle m'a décoché une claque derrière la tête pour faire tomber mon béret en criant que je n'étais « qu'une orgueilleuse écervelée ». Elle voit des péchés véniels ou mortels partout.

– Tu portais encore ton béret de travers, comme un mannequin du catalogue *Eaton* ?

– Non, comme une chanteuse d'opérette du *Monument national* que j'ai vue sur une affiche. C'est bien plus joli et moins commun. Ici, il n'y a pas moyen de se distinguer les unes des autres avec ce costume démodé à manches longues :

robe noire, tablier noir, bas noirs, souliers noirs, tout est noir ! Toi, au moins, si tu voulais, tu pourrais porter ton ruban d'honneur et tes médailles.

Olivine ne soupçonnait pas que j'aurais volontiers troqué quelques bribes de l'intelligence qu'elle m'octroyait pour un soupçon de ses propres charmes.

– Continue, espèce de petite comique.

– La sœur en a alors profité pour parler contre papa et colporter sur lui toutes ces affreuses choses qui m'ont fait pleurer. Elle m'a ensuite ordonné de l'accompagner pour la collecte, en me faisant tirer une traîne sauvage[1] comme un chien esquimau tout le long du trajet pour me « dompter de mon péché d'orgueil ».

– Et pour rapporter les étrennes, complétai-je. Quelle heure était-il quand vous êtes parties ?

– Environ huit heures et quart. Même s'il n'y avait pas de neige, il faisait froid et il ventait très fort. Si nous avions pris le p'tit char[2], nous aurions pu nous réchauffer les pieds sur des briques chaudes. Dans tes vieilles bottines usées, j'avais les orteils aussi congelés que les blocs de glace du bonhomme Pinard.

---

1. Luge, au Canada.
2. Tramway, au Canada.

Uldoric Pinard était en effet le livreur de glace attitré du couvent depuis des décennies. Il m'arrivait souvent de le croiser à la cuisine tandis qu'il remplissait allègrement les glacières du réfectoire. Il ne manquait alors jamais de me taquiner.

– Corinne et Blandine les ont portées avant moi, ces bottes, me défendis-je. Vous vous êtes d'abord rendues chez la veuve Dufour ?

– Oui, mais pas de danger qu'on nous fasse entrer pour nous offrir un cacao chaud ! En tout cas, il a bien fallu deux ou trois minutes pour qu'on se décide à répondre à la porte. Sœur Aurore a enragé contre le heurtoir, une vraie folle ! Moi, j'ai vu bouger le rideau d'une des chambres du second étage, avec quelqu'un derrière qui nous épiait. Puis, un garçon nous a finalement ouvert pour nous remettre une enveloppe.

Ses yeux pétillèrent et elle m'empoigna vivement la main.

– Si tu le voyais, Vipérine ! se pâma-t-elle. Un beau grand mince aux yeux verts, avec les cheveux châtains, presque roux. Quand il m'a vue, il m'a fait un de ces sourires charmeurs !

Comme je haussais les épaules sur ses insignifiances, elle me gronda :

– On sait bien, toi, tu ne t'intéresses jamais aux

garçons et tu veux devenir bonne sœur! En tout cas, c'est le mien et je te défends d'y toucher.

— Idiote, la rabrouai-je gentiment, comme si un garçon pouvait s'intéresser à moi. Quel âge il a au juste, ton Don Juan?

— Seize ou dix-sept ans.

— Il est bien trop vieux pour toi. Tu crois que c'est le nouvel employé de la veuve du docteur?

— Tu veux rire! s'indigna Olivine. Il était habillé comme un gentleman. J'aurais plutôt pensé que c'était son fils ou son neveu. J'espère que je le reverrai bientôt, en tout cas.

— Où vous êtes-vous rendues ensuite, mademoiselle En-tout-cas?

— Chez le notaire Leduc, tu le sais bien, maugréa ma sœur, qui détestait que je la reprenne sur sa façon de parler. Cette maison me donne froid dans le dos. J'ai eu un mauvais ressentiment dès que j'y ai mis les pieds.

— Pressentiment, la repris-je. Que s'est-il passé?

— Sœur Aurore a appuyé sur la sonnette électrique (c'est drôlement moderne!) et une grosse femme aux cheveux blancs remontés en chignon lui a ouvert. Mais quand la dame a vu l'économe, elle s'est fâchée et nous a claqué la porte au visage!

— Quoi ? fis-je, ahurie.

— La sœur était furieuse. Elle a actionné la sonnette d'entrée jusqu'à ce que la porte s'entrouvre puis elle a hurlé : « Je viens chercher les étrennes pour le pensionnat, vieille sans-cœur. » Aurore a fait une de ces têtes quand la porte s'est ouverte toute grande sur le notaire ! « Entrez donc, chère cousine », a dit maître Leduc. En tout cas, même si c'est sa cousine, il n'avait pas l'air du tout content de la voir.

— Vous êtes entrées ?

— Évidemment. C'est drôlement chic, là-dedans ! Une vraie maison de riches avec des moquettes et de la tapisserie partout. Il y a même un appareil de radio à cristal. Maître Leduc nous a lui-même conduites au salon. Un feu était allumé dans le foyer mais j'avais quand même de gros frissons qui me couraient dans le dos. Tu savais que le notaire avait une jambe de bois ? Il nous a fait asseoir sur un divan en velours rouge et nous a offert un verre de vin chaud, que l'économe a refusé. Quelle rabat-joie, celle-là ! Elle m'a aussi empêchée d'en prendre.

— Vous étiez seuls ?

— Oui, confirma Olivine, il n'y avait personne d'autre dans la pièce que nous trois. La grosse dame ne s'est plus montrée ; je crois bien que c'était la cuisinière, à cause de sa coiffe.

— De quoi avez-vous discuté ?

— De tout et de rien. La sœur économe et le notaire sont à couteaux tirés, c'est évident ; même s'ils faisaient tout pour se montrer polis devant moi. À un certain moment, sœur Aurore lui a lancé que ses chiffres ne concordaient pas avec les siens. Maître Leduc a répondu qu'elle commettait toujours la même erreur, ce à quoi elle a répliqué qu'elle ne voyait pas de quoi il voulait parler. Le notaire lui a alors répondu que, sans nul doute, elle avait besoin de lunettes !

— Et malgré tout, le notaire vous a remis des étrennes ? m'étonnai-je.

— Oui, mais il a fallu que je monte au premier étage avec la sœur pour les chercher. Un gros sac et une enveloppe étaient déposés sur une commode.

— Y avait-il quelqu'un d'autre en haut ?

— Pas à ce que je sache, mais les portes des chambres étaient toutes fermées. L'économe était furieuse en redescendant l'escalier. Elle s'attendait sûrement à ce que le notaire lui donne plusieurs autres sacs. C'est à peine si elle l'a remercié et nous sommes parties. J'étais gênée pour elle, en tout cas…

– À ton avis, Vivine, est-ce que la sœur économe pourrait avoir certains ennemis ?

Ma petite sœur éclata de son joli rire clair qu'elle laissa dégringoler en cascade.

– Elle n'a que ça, des ennemis certains ! s'esclaffa-t-elle. Tout le monde la déteste, moi la première, tout le monde sauf, peut-être, son Alphéna chérie. Ce serait moins long pour toi de faire la liste de ses amis que celle de ses ennemis…

– Pourquoi ne vas-tu pas raconter à Saint-Ignace tout ce que l'économe te fait subir ? soupirai-je.

– Et passer pour une cafteuse ? fulmina-t-elle. Laisse donc faire !

Et ma petite sœur se mit à siffler l'air de l'affreuse chanson qu'elle avait composée avec Alice Bourret. La porte s'ouvrit alors brusquement, ce qui nous fit sursauter.

– Il est interdit de siffler, mesdemoiselles, c'est grossier et tout à fait indigne de jeunes filles bien élevées, nous réprimanda de sa douce voix la novice Alphéna en secouant un index qu'elle voulait sévère.

Derrière elle, la teigne d'Alice Bourret s'étira le cou vers nous. La novice sourit timidement et referma la porte. Je me demandai ce que la future religieuse avait bien pu entendre de notre conversation.

3
Maître Philéas Leduc

Je marchai d'un pas rapide sur le trottoir de bois verglacé tout en déchiffrant les adresses sur les riches façades des maisons du quartier. Je repérai enfin, au bout de la rue, un peu à l'écart des autres, la demeure de maître Philéas Leduc qui se découpait dans le ciel assombri par d'épais nimbus.

La veille, tout en me suggérant fortement d'aller d'abord interroger le notaire de la congrégation et la veuve Dufour, ma tante Saint-Ignace avait du même souffle refusé de m'y accompagner, évoquant les contraintes et les devoirs pressants d'une supérieure de pensionnat.

– Je vais leur téléphoner pour leur demander de te recevoir, me rassura-t-elle d'un sourire contraint.

Je m'immobilisai, un peu indécise. C'était un imposant manoir de pierres grises, qu'agrémentaient maintes lucarnes et œils-de-bœuf. Des branches de lierre dénudées par la froide saison couraient sur ses murs jusqu'au toit, ajoutant encore au triste décor un air sinistre et inquiétant. J'actionnai la sonnette électrique de la grande porte vernie à laquelle était suspendue une odorante couronne de sapin. La porte s'ouvrit enfin, laissant paraître dans le mince interstice le visage maussade et blême d'une vieillarde aux cheveux remontés en toque, avec une coiffe blanche sur la tête.

– Qu'est-ce que c'est ? aboya la femme en fixant tour à tour mon manteau de drap et mon béret de couventine.

– Je suis Vipérine Maltais et je viens rencontrer le notaire Leduc, annonçai-je d'un ton résolu.

La porte se referma aussitôt, me laissant décontenancée et davantage transie par le froid glacial de l'accueil que par celui du dehors. Décidément, elle n'aimait pas beaucoup les visiteurs, cette dame-là.

Une minute passa sans que je me décide à quitter les lieux. Ma tante n'avait-elle pas averti le notaire de ma visite ? La porte se rouvrit soudain toute large devant moi. Sur le seuil se tenait un homme grand et élégant dans la quarantaine, affublé d'un col raide et d'un nœud papillon. Tandis qu'il m'examinait, un petit sourire amusé fendit son visage long et moustachu, qu'une épaisse chevelure poivre et sel surmontait comme une crinière. Une odeur de pain d'épice s'échappait du manoir.

– Vous êtes bien jeune pour vouloir obtenir une consultation juridique, mademoiselle, fit-il.

– Je ne viens pas vous consulter, mais vous interroger, maître Leduc, rétorquai-je illico.

L'individu sourcilla à peine.

– Pardonnez-moi, mais je tenais à m'assurer que j'avais bien compris la requête de la révérende mère, bien que je n'aie pas été informé du véritable motif de votre visite. Veuillez me suivre.

J'emboîtai le pas à l'homme de loi, furieuse contre ma tante qui m'avait lâchement chargée du seul travail qui lui incombait en cette première journée d'enquête, et longeai un long couloir au parquet ciré, au-dessus duquel flottaient des effluves de citronnelle. Maître Leduc, qui avait une jambe de bois, patinait plutôt que de marcher et ce, afin de maintenir un équilibre précaire sur la cire trop glissante ; je dus l'imiter.

Il me mena jusqu'à un boudoir divisé par deux hautes colonnes de marbre blanc, dressées de part et d'autre de la pièce, et dont la partie supérieure était sculptée de têtes d'angelots et d'oiseaux, lesquels motifs étaient repris en médaillons sur le manteau de la cheminée. Les murs étaient tous recouverts de tissu fleuri. Le notaire me fit asseoir sur l'un des divans de velours rouge vin qui meublaient la pièce. Lui-même s'installa sur la causeuse en face de moi puis se pinça le nez de la paire de lorgnons qui pendait à son cou. Un feu pétillait dans le foyer, au-dessus duquel étaient disposées une dizaine de photographies encadrées. Un gramophone, installé sur une table en coin, diffusait en sourdine une chanson de Maurice Chevalier.

– Hortense m'a dit que vous vous nommiez Vipérine Maltais. À votre manteau de couventine et à votre béret, j'en déduis que vous êtes pensionnaire de la congrégation et peut-être orpheline, commença poliment le quadragénaire.

– J'ai perdu ma mère à l'âge d'un an, répondis-je sèchement, mais j'ai toujours mon père et mes neuf frères et sœurs.

– À la bonne heure et grand bien vous fasse ! s'exclama l'homme, sans se rendre compte qu'il m'avait carrément blessée en me prenant pour une enfant abandonnée. J'ai moi-même perdu toute ma famille il y a bien longtemps, en ces lieux mêmes, dans de tragiques circonstances. Et le bon Dieu, hélas ! ne m'a donné ni femme ni descendants par la suite. Vous avez une chance inestimable, vous savez ?

Il pencha la tête en fixant le tapis persan d'un air lugubre. La musique avait cessé et un silence pesant se répandit dans la pièce, ce qui eut tôt fait d'agir sur la conversation comme un puissant narcotique. Je songeai un instant à me lever pour tourner la manivelle et redémarrer le gramophone mais le juriste, semblant revenir au temps présent, toussota deux ou trois fois.

– Je suis confus de la façon dont ma chère Hortense vous a répondu, reprit-il en enlevant son binocle. Vous comprenez, la vieille fille a commencé à travailler pour ma famille quand j'étais enfant et je ne peux plus m'en séparer, maintenant. Nous vivons donc seuls, tous les deux, dans cette grande maison. Hortense a mauvais caractère, certes, mais concocte une cuisine divine. Je crois qu'elle vient tout juste de sortir une fournée de biscuits. Désirez-vous y goûter ?

– Non, merci. Je ne fais pas une visite de

courtoisie, répondis-je, pressée d'en finir, espérant même secrètement bousiller l'enquête pour punir ma grand-tante.

– Vous avez raison, je m'égare, sourit le notaire. Sur quoi enquêtez-vous, au juste ?

– Notre mère supérieure, sœur Saint-Ignace, croit que l'économe a été victime d'une tentative de meurtre dans la nuit du 23 décembre, expliquai-je.

Il sursauta.

– Que me dites-vous là ?

– On a, paraît-il, tenté de l'étrangler, confirmai-je. Votre cousine n'est-elle pas venue vous visiter ce jeudi même ?

– Aurore n'est pas ma cousine, mais ma petite-cousine, corrigea abruptement maître Leduc. Et elle est en effet venue ce matin-là pour récupérer quelques étrennes destinées au couvent. La jeune fille qui l'accompagnait vous ressemblait d'ailleurs comme une sœur, mademoiselle.

– N'êtes-vous pas en mauvais termes avec votre petite-cousine ? suggérai-je.

Maître Leduc ouvrit de grands yeux incrédules avant, soudainement, d'éclater de rire.

– Mais vous me soupçonnez ! s'écria-t-il, stupéfait.

– Mon devoir est d'être impartiale. Tous les suspects sont des coupables potentiels, sans exception.

– *O tempora, o mores*, mademoiselle Maltais ! Autres temps, autres mœurs ! psalmodia-t-il en levant un index moralisateur. Il ne me serait jamais venu à l'idée, étant jeune, de soupçonner le notaire du village de quelque crime que ce soit. Toutefois, à bien y songer, votre raisonnement est somme toute excellent. Savez-vous que vous feriez un bon juriste ? La loi devrait autoriser les femmes à embrasser notre belle profession.

– Tenteriez-vous de noyer le poisson ? insistai-je.

Je me sentais devenir de plus en plus furieuse. Ce juriste le faisait-il exprès, de tourner le fer dans la plaie douloureuse de la carrière que j'allais manquer ? Par ses remarques qu'il voulait sans doute favorables à la cause des femmes, maître Leduc augmentait encore ma frustration de n'être pas née dans un corps de garçon. Je l'aurais bien vu, moi, devoir se faire nonne, infirmière ou enseignante alors qu'il aurait voulu devenir, comme moi, avocat ou détective…

– D'accord, d'accord, je vais répondre à votre question inconvenante et participer à votre petit jeu-questionnaire, répondit-il en riant. Aurore et moi, c'est l'eau et le feu depuis des années, ce n'est d'ailleurs un secret pour personne. Cependant, il ne me viendrait jamais à l'esprit de l'étrangler pour ça.

– Depuis combien d'années vérifiez-vous les chiffres de la congrégation ? m'enquis-je en extirpant de la poche de mon manteau mon carnet et mon bout de crayon.

– Depuis le début de ma pratique notariale, il y a de cela dix-huit ans, répondit maître Leduc en bourrant de tabac une jolie pipe en bois de bruyère. C'est précisément depuis ce temps que nous avons des heurts, ma petite-cousine et moi, lesquels se sont aggravés depuis deux ans à cause d'un certain don annuel en argent que le couvent ne reçoit pas et qu'elle s'entête à vouloir comptabiliser.

– Comptabiliser ? repris-je sans comprendre.

– Elle l'inscrit dans la colonne des rentrées d'argent alors qu'un tel don n'existe pas, m'expliqua l'homme de loi. L'erreur est grossière et se produit toujours en fin d'année. Mais que tout ceci reste entre nous, car je ne voudrais en rien nuire à son emploi au pensionnat.

– La mère supérieure ne sait donc rien de cette

irrégularité dans les chiffres de sa congrégation ? m'étonnai-je.

— Eh non ! Et comme je veux épargner la susceptibilité exacerbée de ma petite-cousine qui ne veut rien entendre à mes doléances comptables, je verse donc en fin d'année, directement de ma poche, le fameux montant manquant. Je ne m'explique pas d'où vient cette lacune, étant moi-même chargé par la révérende mère de décacheter les enveloppes, scrupuleusement numérotées, qui contiennent toutes les donations en argent.

Un court instant, je demeurai muette de surprise, les yeux fixés sur l'une des photographies placées sur la tablette de la cheminée.

— Votre esprit voyage-t-il dans l'éther azuré ou bien se balade-t-il dans l'azur éthéré ? me nargua-t-il en allumant sa pipe.

— Quelle est la différence ? Les deux sont strictement irrespirables, répondis-je du tac au tac, exécrant autant sa poésie que l'odeur de son tabac. Vous étiez donc quatre dans la maison, pendant tout le temps qu'a duré la visite de votre petite-cousine.

— Tout à fait, confirma-t-il. Il n'y avait ici que Hortense, Aurore, la jeune couventine et moi-même.

— Que contenait ce sac d'étrennes, maître ?

— Je n'en ai pas la moindre idée. C'est Hortense qui s'en occupe, année après année. Je vous autorise à monter au premier étage pour examiner la commode où l'économe a récupéré les dons, si vous le désirez. Mais, de grâce, enlevez-moi cette cuirasse de froideur, mademoiselle !

Je fis la sourde oreille à cette suggestion et grimpai l'escalier, d'ailleurs fort étroit et un peu raide, m'attardant davantage dans les marches qu'à l'étage supérieur. Je montai et descendis plusieurs fois d'affilée, de plus en plus perplexe, sous l'œil amusé du notaire.

— Un détail semble vous chicoter, me lança-t-il, mi-figue, mi-raisin, en mordillant l'embout de sa pipe.

— Pendant que je vous imaginais petit enfant en train de descendre cette rampe d'escalier à califourchon, je me demandais quel avait bien pu être l'affreux événement qui vous avait arraché votre famille, soupirai-je.

Maître Leduc me regarda d'un air sombre, et je vis tour à tour le chagrin et la colère ravager les doux traits de son visage. Il se rassit en face du feu, se laissant tomber dans son fauteuil comme s'il portait un poids incommensurable sur les épaules.

— « Dieu pêche les âmes à la ligne, le diable avec un filet », murmura-t-il d'une voix un peu tremblante.

Je reconnus la citation d'Alexandre Dumas fils, sans toutefois comprendre l'allusion. Il me fit signe de me rasseoir à mon tour.

— Ce n'est pas moi qui m'amusais dans cet escalier, mais mon petit frère, Zéphirin. Oui, celui-là même dont vous avez si bien examiné le portrait au-dessus de l'âtre tantôt. Vous êtes très perspicace, mademoiselle Maltais, mais je crains que cela ne suffise pas à élucider sa mort et celle de mes parents, ni à faire emprisonner l'être diabolique qui a présidé à un tel crime.

— Mais de quel crime s'agit-il, maître Leduc ? m'enquis-je en joignant les mains, oubliant un instant le but premier de ma visite.

L'homme de loi soupira longuement en fermant les yeux, comme pour maîtriser une émotion trop vive. Son regard bleu pâle un peu mouillé s'accrocha au mien avec une insistance que je jugeai désespérée.

— Ce fut un bien grand malheur que cette veille de Noël 1895, commença-t-il lugubrement. Il faisait pourtant doux et de gros flocons tombaient sur Montréal ce soir-là. Il neigeait des plumes, comme on dit. J'avais seize ans et j'avais été invité à réveillonner chez mon parrain, le docteur Sylvestre, qui habitait plus bas sur la rue Logan, à quelques maisons d'ici. C'était la toute première fois qu'il m'était donné de m'absenter de la maison pour le traditionnel réveillon familial. Je me souviens d'avoir englouti mon souper en moins de deux, et d'avoir embrassé trop rapidement mes parents et mon petit frère, pressé d'aller rejoindre au plus vite la fille du docteur qui faisait battre mon cœur. Nous avons assisté à la messe de minuit à l'église Notre-Dame, où on chantait du Schubert. Néanmoins, j'étais tellement subjugué par la belle Philomène que c'est à peine si j'ai écouté la grande chorale de *soprani,* de ténors et de basses. Je suis rentré chez moi au petit matin. La maison était anormalement éclairée et fort silencieuse. Les quelques lampes électriques que nous possédions à l'époque étaient encore allumées. Pris d'un affreux pressentiment, je me suis aussitôt dirigé vers le salon. C'est ici, au pied du grand sapin décoré, que j'ai trouvé mes parents et mon petit frère Zéphirin étendus sur le plancher. Le cœur battant, je me suis penché vers maman pour prendre son beau visage entre mes mains; il était pâle et me glaça les doigts. Quand j'ai vu ses grands yeux qui fixaient le vide, j'ai compris que tous ceux que j'aimais étaient morts.

— Morts ? m'étranglai-je.

— Morts, répéta-t-il en hochant lentement la tête, des sanglots faisant trembler sa voix.

Nous restâmes à nous regarder fixement pendant de longues secondes, comme si l'affreux mot ne parvenait pas à décrire une réalité aussi abominable.

— Il n'y aura jamais plus d'arbre de Noël dans cette maison, mademoiselle.

— Les policiers n'ont pas découvert le coupable ? m'étonnai-je, mal à l'aise à la vue d'une larme qui roulait vers sa moustache.

— Non. Ce crime odieux demeure un mystère aussi impénétrable que celui du Sphinx.

Le notaire se plaqua alors les mains sur le visage.

— Puis-je aller interroger votre cuisinière à présent ? demandai-je doucement.

Il hocha silencieusement la tête, comme s'il se répondait à lui-même, et me renvoya d'un vague geste de la main.

4
Hortense

Plantée devant la porte entrouverte de la cuisine d'où s'échappait une odeur de petits-fours, je ne me décidais pourtant pas à entrer. J'observai encore un long moment la vieille femme au chignon et à la coiffe immaculés assise à la table, qui épluchait ses pommes de terre, et qui ressemblait à ma grand-mère paternelle que j'avais tant aimée. Elle fredonnait une chanson mélancolique, aussi démodée que la vieille robe qu'elle portait sous son tablier blanc. Son corps lourd, penché vers l'avant, se balançait au rythme lent d'une mélodie qu'il m'était impossible de reconnaître. Je toussai discrètement et Hortense sursauta, en portant la main à son cœur.

– Qu'est-ce que tu fais là, toi ?
– Maître Leduc m'a autorisée à venir vous

interroger, dis-je, un peu apeurée par le masque bourru qu'arborait soudain son visage.

– M'interroger, moi ? Tu veux donc m'accuser de quelque chose ?

Je lui tendis la lettre rédigée par ma grand-tante Saint-Ignace, qu'elle repoussa d'un geste féroce.

– Je n'entends rien à toutes tes pattes de mouche, se défendit-elle. Si tu as quelque chose à dire, tu as une langue : parle !

Je compris confusément qu'elle ne savait pas lire. Avec la pointe de son couteau, Hortense me désigna la chaise vacante en face d'elle, de l'autre côté de la table, et sur laquelle je m'empressai de m'asseoir.

– Vous connaissez sœur Aurore, l'économe du couvent ? commençai-je.

– Si je la connais…, maugréa l'autre en froissant la page du journal *La Presse* sur laquelle elle entassait les épluchures. Je me demande bien pourquoi je répondrais à tes questions, moi.

– Maître Leduc a accepté de collaborer à l'enquête, lui, rétorquai-je.

– Parle toujours, on verra ensuite.

– Quelqu'un a tenté d'étrangler sœur Aurore, et la révérende mère veut trouver le coupable. Elle m'a chargée de l'aider dans son enquête.

– Je suis en tête de ta liste ? ricana la vieillarde. Laisse-moi te dire que c'est un honneur d'être l'ennemie de cette sœur Aurore de malheur !

Comme j'arrondissais les yeux devant une réponse aussi spontanée et aussi crue, la cuisinière avoua candidement, en baissant d'un cran l'agressivité de sa voix :

– Si j'avais été la fautive, moi, je ne l'aurais pas ratée.

– Vous la détestez vraiment beaucoup.

Elle me dévisagea un instant, sans doute surprise que je l'aie si vite comprise, avant de s'attaquer, cette fois, aux carottes à couper.

– Elle a gâché ma vie, cette vipère, comme elle a ruiné la vie de bien d'autres gens autour d'elle.

– Vous travaillez ici depuis longtemps ? demandai-je.

– Ça dépend pour qui.

– Que voulez-vous dire ?

– Je me suis engagée au service des Leduc il y a trente-cinq ans, mais j'ai dû me trouver une autre place dix ans plus tard, en 1895, quand le malheur a frappé la famille, expliqua-t-elle sèchement. Le notaire Leduc ne m'a réengagée que plusieurs années après, au moment où il a repris la maison paternelle pour y ouvrir son étude notariale.

– Puisque vous travailliez pour les Leduc au moment de leur décès, pourquoi n'étiez-vous pas présente à leur dernier réveillon de Noël ?

La vieille femme laissa échapper son couteau sur la table et soupira à deux ou trois reprises en soutenant mon regard, incapable de parler.

– C'est pas agréable à raconter, ces choses-là, s'étouffa-t-elle. Surtout pas à une petite couventine naïve et innocente comme toi. Mais, puisque tous les journaux de l'époque l'ont raconté, je ne te le cacherai pas non plus…

Elle détourna le regard, récupérant d'une main indécise son couteau de cuisine.

– J'avais perdu mon emploi car on m'avait renvoyée la semaine précédente, avoua-t-elle. C'est donc moi que les policiers ont immédiatement accusée ; ils ont dit que j'avais empoisonné les Leduc avec mon pâté aux champignons pour me venger d'eux.

À nouveau, son coutelas lui glissa des mains, tandis que deux grosses larmes roulaient sur ses joues rougies.

– Comme si, moi, j'avais pu tuer mon petit Zéphirin d'amour, mon bel ange, gémit-elle. Je le revois encore dans le joli costume de matelot que je lui avais confectionné. Ça fait vingt-cinq ans, mais ça fait aussi mal que si c'était hier…

— Que s'est-il passé ensuite ? demandai-je, le souffle court.

Hortense renifla et sortit de sa poche un grand mouchoir avec lequel elle se tamponna les yeux.

— Les policiers ont dû se rendre à l'évidence : il n'y avait pas eu d'empoisonnement car Philéas en avait mangé lui aussi sans devenir malade pour autant.

Les policiers m'ont finalement relâchée.

Mais personne n'a jamais su comment les Leduc étaient décédés, ma fille. Ça reste encore un mystère.

— Pourquoi les Leduc vous avaient-ils mise à la porte ? repris-je doucement.

— Ce fut une grave injustice, ma fille, une très grave injustice.

Elle m'empoigna les deux mains, qu'elle enserra violemment dans les siennes.

— Le soir précédant mon renvoi, j'étais allée rendre visite à une amie qui travaillait et logeait à quelques maisons d'ici, chez le docteur Sylvestre. Dieu ait son âme. Pour m'y rendre plus vite, je devais emprunter une petite ruelle pour ensuite gagner la rue Logan. Je traversais donc la ruelle lorsque, tout à coup, près d'une poubelle, j'ai entendu un vagissement. Intriguée, j'ai ouvert un couvercle au hasard et quelle ne fut pas ma surprise de voir là, au fond de la poubelle, un bébé tout nu qui pleurait à fendre l'âme !

– Un bébé ?

– Une petite fille. Je l'ai blottie contre moi, bien au chaud sous mon manteau, et je me suis empressée de la ramener chez les Leduc. Ils m'ont alors accusée d'avoir mis au monde un enfant illégitime, ce dont je me suis bien défendue. Mais ils ne m'ont jamais crue, à cause de ma corpulence. C'est encore tout un scandale aujourd'hui, en 1920, d'abriter sous son toit une fille mère, alors penses-tu, en 1895… Bref, tu dois avoir un mari, ma fille, quand tu as un bébé, sinon tu détruis ta vie. Ils m'ont jetée dehors et la réputation de la famille Leduc a été sauvegardée.

– Après dix ans de bons et loyaux services, vous vous êtes donc retrouvée à la rue avec un bébé qui n'était pas à vous, conclus-je.

– J'avais quarante et un ans et j'étais vieille fille. Si j'avais pu, j'aurais élevé cette enfant comme la mienne, comme un cadeau du ciel. Néanmoins, la sœur Aurore, qui était alors novice au pensionnat et responsable du comité des bonnes mœurs du quartier, avait réussi à convaincre son député de père de me retirer le bébé pour le placer je ne sais où. Je ne l'ai plus jamais revue, cette petite ; elle est peut-être morte, à l'heure qu'il est.

Hortense lâcha mes mains pour s'éponger à nouveau les yeux. Finalement, elle se moucha bruyamment.

– Veux-tu bien me dire ce qui me prend de te raconter tout ça ? pesta-t-elle en se mettant à tailler ses carottes en rondelles. Maintenant, tu vas t'imaginer que j'avais une bonne raison de vouloir étrangler l'économe et tu n'auras pas tort.

– Qu'est-il advenu du notaire Leduc à la mort de sa famille ? demandai-je, captivée.

– Son parrain, le docteur Sylvestre, un grand ami de la famille, a été nommé tuteur et il a placé Philéas pensionnaire au collège, où il a poursuivi ses études classiques. Je suis allée le visiter au parloir tous les dimanches sans exception, pendant cinq ans d'affilée, le pauvre petit ! Quand Philomène a rompu ses fiançailles avec lui, j'ai cru qu'il ne s'en remettrait jamais… Il est finalement devenu clerc de notaire chez maître Laframboise, puis notaire, et m'a engagée comme servante.

– Sa petite-cousine Aurore allait-elle souvent le visiter avec sa famille ?

Hortense se leva pour se saisir d'une casserole, mais elle s'arrêta brusquement en chemin, prise d'une fulgurante douleur au dos.

– J'ai un de ces mal de rognons! gémit-elle en portant les mains à ses reins.

Comme j'allais lui porter secours, elle se rassit pesamment et poursuivit :

– Ils ne l'ont jamais visité pour la bonne raison que le père d'Aurore, le grand-oncle de Philéas, était un « rouge » et que le père de Philéas était un « bleu ». Ils se détestaient souverainement. Stupide politique !

– J'ai peur de ne pas très bien comprendre…, dus-je admettre.

– Le parti rouge des libéraux, le parti bleu des conservateurs, c'est du pareil au même, si tu veux mon avis. Si c'est pas triste de voir des familles entières se quereller pour ça… Bref, maître Leduc n'a connu sa petite-cousine que par l'entremise des bonnes œuvres de la congrégation, après l'ouverture de son greffe notarial.

– Sœur Aurore est venue ici jeudi passé pour chercher un sac d'étrennes. Qu'y avait-il dans ce sac, madame Hortense ?

– Surtout des fruits et des friandises, répondit-elle sans hésiter. Comme je venais de faire mon grand ménage, j'y avais aussi déposé des livres religieux et des bougies que j'avais trouvés dans des boîtes, au grenier. Tu sais, des petites chandelles qu'on met dans les arbres de Noël. Mais, le tout en excellente condition, vraiment.

Je me levai, prête à partir.

— Et si je t'offrais un petit-four et une grande tasse de cacao bien chaud avant que tu retournes au couvent ? proposa-t-elle, tout sourire.

— Non merci, refusai-je poliment, comme l'aurait fait toute jeune fille bien élevée.

— Tu ne serais pas parente avec les Tremblay, même si tu es une petite Maltais, toi ? demanda-t-elle encore. Tu leur ressembles drôlement, ma belle fille : je parie qu'avec tes grands yeux bridés, tu as du sang indien dans les veines comme eux !

À bien avouer, et tout en demeurant parfaitement objective, je crois que j'ai accepté sa collation juste à cause de cette phrase-là, qui signifiait que je ressemblais à maman.

5
Uldoric Pinard

En sortant de chez maître Leduc, je butai contre la carriole d'Uldoric Pinard, qui était garée juste devant la porte de service pour la livraison quotidienne de la glace. Arrachés aux berges du Saint-Laurent à la première lueur de l'aube, puis découpés avec autant de soin que s'ils avaient été les morceaux d'un gâteau de noces, les énormes cubes s'alignaient méthodiquement dans la voiture à patins, ignorant tout de l'agonie qui les attendait à l'intérieur.

Je contournai avec soin le gros cheval de trait et son crottin fumant que convoitaient les oiseaux affamés à l'affût de brins d'avoine. Je m'approchai du bonhomme en salopette qui s'acharnait avec son pic à glace et sa grosse pince sur ses froides victimes, bonhomme que je connaissais bien pour l'avoir rencontré à maintes reprises depuis ma tendre enfance à la cuisine du réfectoire. Il y venait le plus souvent avant l'aurore, par la porte de service, que les nonnes gardaient ouverte juste pour lui. Ses mains étaient aussi grosses et velues que des pattes d'ours.

— Tiens, bien le bonjour, mamzelle Vipérine ! me salua d'une voix tonitruante le géant en touchant du doigt sa casquette. C'est le notaire qui devait être content d'avoir de la belle visite comme ça ce matin ! On vous reconduit au couvent coin Dufresne et Sainte-Catherine, mamzelle ?

— Non merci, dis-je en me frictionnant les bras, transie par l'humidité. Je dois encore me rendre chez la veuve Dufour.

— Sans blague ? Je passe par là moi aussi. Grimpez si vous voulez, ça ira plus vite.

Je m'installai dans la carriole à côté du marchand de glace, à la place du cocher, et il me déposa une couverture de fourrure sur les genoux. Puisque M. Pinard m'avait dit que j'étais de la « belle visite », je n'étais peut-être pas aussi laide que le prétendait la sœur économe, après tout. Je remarquai que l'homme avait protégé ses vêtements avec une espèce de bavette en caoutchouc passée sur son épaule. Le quinquagénaire s'empressa de récupérer une petite fiole contenant un liquide brunâtre dans la poche de son paletot d'étoffe grossièrement tissée.

— Il est écrit dans la Genèse : « Tu es poussière et tu retourneras en poussière. » C'est pour ça que je dois m'arroser tout le temps, m'expliqua-t-il, après s'être désaltéré. La vie, on n'en sort jamais vivant, batêche !

Il fit claquer sa langue. Le vieux cheval, croupe basse, se mit aussitôt au pas, bien que son maître ne se soit toujours pas saisi des rênes. Sans doute l'animal connaissait-il l'itinéraire mieux que lui.

— Vous savez, ma p'tite mamzelle, vous êtes bien courageuse d'être entrée là-dedans toute seule.

— Pourquoi ? demandai-je.

— Moi, je viens au manoir parce qu'on me paye, mais cette histoire d'assassinats me fait encore froid dans le dos.

Comme je hochais la tête, il poursuivit en fronçant ses gros sourcils :

— Quand le drame est arrivé, voilà un quart de siècle, j'ai été engagé pour faire le grand ménage chez les Leduc. J'étais le commissionnaire du docteur Sylvestre, dans ce temps-là, et il me donnait toutes sortes de jobines[1]. Bref, après les funérailles, j'ai défait l'arbre de Noël au grand

---

1. Petits travaux, au Canada.

complet et j'ai enlevé les boules, les guirlandes, les bougies, tout. C'était triste à mourir.

– Vous avez tout jeté ?

– La belle affaire ! ricana-t-il. Vous me connaissez : moi, j'aime pas le gaspille[1] ! La seule chose que j'ai jetée, ce sont les bougies qui avaient tout fondu, mais il devait bien en rester une dizaine qu'on n'avait pas allumées. J'ai tout rangé dans de grands cartons que j'ai montés au grenier, puis j'ai scié le sapin pour en faire du bois de chauffage.

– L'économie, c'est l'essentiel, l'assurai-je.

– Comme vous dites : les cent cieux, c'est ce qui compte, confirma-t-il avec sa sagacité habituelle.

– Mais qui donc aurait pu haïr cette famille au point d'en exterminer les membres ? renchéris-je sans me préoccuper de son jeu de mots insipide.

– Allez savoir, batêche ! Certainement pas la cuisinière qui adorait le petit Zéphirin, en tous les cas. Le docteur Sylvestre a bien dit aux policiers qu'elle ne les avait pas empoisonnés avec son pâté. Plus tard, le docteur a même pris la pauvre femme chez lui parce qu'elle ne savait plus où aller. C'était sa manie de rendre service, au docteur. Il a aussi logé le docteur Dufour quand ce dernier

---

[1]. Gaspillage, au Canada.

étudiait encore à l'université anglaise. C'est d'ailleurs comme ça qu'il a connu sa future femme, la Philomène. On racontait à cette époque qu'il courait deux filles en même temps, le chenapan.

– Philomène Dufour, c'est donc la fille du docteur Sylvestre ? réalisai-je.

– On ne peut rien vous cacher, mamzelle, et attention à ce que vous lui raconterez : elle fraye avec l'économe du couvent et je ne l'aime guère, celle-là. Imaginez-vous que la sœur Aurore a décidé de me remplacer au printemps prochain par une machine frigorifique. J'vais perdre une grosse partie de mon gagne-pain, car l'abonnement à la glace, c'est vingt piastres[1] par saison. Je lui ai pourtant toujours fait du travail de qualité et je ne jette pas sa glace sur le parterre comme le font les autres marchands.

– Je suis désolée pour vous, dis-je. J'ai justement appris que Philomène Dufour a rendu visite à l'économe hier.

– Hier, comme le dernier dimanche de l'an passé aussi, bougonna-t-il tandis que le cheval s'arrêtait tout seul devant un somptueux cottage anglais en briques rouges entouré d'une multitude

---

1. Piastres : dollars, au Canada.

de grands arbres dénudés. Depuis la mort du docteur Dufour, c'est devenu un petit rituel entre elles. Terminus, tout le monde descend! Comme vous voyez, c'était pas bien loin.

– On m'a dit que Philomène Dufour s'était autrefois fiancée avec le notaire, repris-je après avoir mis un pied à terre.

– Quand la Philomène a choisi de marier le médecin au lieu du notaire, son futur a racheté la maison ainsi que le cabinet du docteur Sylvestre. C'est maître Leduc qui a eu du chagrin, le pauvre, répondit-il en se saisissant de son pic à glace.

Il se pencha à mon oreille, exhalant son haleine fétide :

– Elle n'en a plus voulu à cause de sa jambe de bois, chuchota-t-il. Le pauvre Philéas Leduc avait eu un bête accident de cheval! On raconte même que c'est le docteur Dufour qui l'aurait fait tomber.

– Vous n'avez pas peur de vous mordre la langue et de vous empoisonner avec vos médisances, monsieur Pinard? le rabrouai-je.

– Ça fait longtemps que je suis « humanisé » contre mon propre fiel! objecta-t-il en ricanant. Allez, au plaisir, mamzelle!

Sur ce, il enfonça violemment son pic dans un de ses blocs frigorifiés au fond de la carriole et se chargea de le rentrer par la porte de service, du côté est de la maison. Je levai les yeux au ciel.

– Immunisé, pas humanisé !

Comme je contournais la carriole pour me diriger vers la demeure des Dufour, je glissai soudain sur une sournoise plaque de glace noire qui tapissait le trottoir de la cour intérieure, et je m'étalai de tout mon long. Un grand rire m'écorcha alors les oreilles et me fit plus mal que ma chute. Je redressai la tête, furieuse. Devant moi, sous le joli portique en demi-cercle ceinturé d'une rampe de fer forgé, un jeune homme d'environ seize ans, bras croisés sur sa redingote à collet de fourrure, m'examinait d'un air moqueur. Une bourrasque soudaine ébouriffa ses cheveux châtain-roux et lui fit plisser ses yeux verts insolents. Je le reconnus immédiatement : c'était la flamme de ma sœur Olivine. Flamme bien faible en vérité, car même la glace s'en balançait éperdument et n'avait pas fondu un tant soit peu devant lui.

Il descendit les marches et me tendit une main secourable que je refusai net. Malgré mes protestations, le garçon m'empoigna le bras et me planta sur mes jambes.

– Je m'appelle Octave, dit-il d'une voix grave. J'espère que tu ne t'es pas fait mal.

6
Philomène Dufour

Tandis que je retirais mon manteau, mon béret et mes bottines lacées pour les ranger dans la garde-robe de l'entrée, une joyeuse envolée de gammes et d'arpèges s'échappa de la pièce adjacente pour nous accueillir, Octave et moi. Cette maison semblait s'être parfumée à la pomme et à la cannelle.

Je tâchai de camoufler discrètement le trou dans mon bas de laine, par lequel dépassait mon gros orteil, et suivis le garçon jusqu'au boudoir. Une femme blonde nous tournait le dos, assise au piano. Elle avait les cheveux relevés en chignon et portait, non pas un austère vêtement noir de deuil, mais une robe en taffetas bleu, aussi longue qu'élégante.

— Maman, voici la jeune fille que vous attendiez, annonça Octave.

Mes yeux s'agrandirent d'étonnement. Il l'avait appelée maman ? Olivine avait-elle eu raison d'affirmer que ce jeune homme n'était pas un simple employé ? Philomène Dufour se retourna vivement et je constatai sa grande beauté que l'âge n'avait pas encore osé flétrir. Ses yeux, d'un bleu pareil à celui des saphirs, s'illuminèrent au-dessus de pommettes saillantes. Elle me sourit et se dirigea vers moi dans un froufrou de tissu.

– Vipérine, n'est-ce pas ? dit-elle avec un sourire. La révérende mère m'a prévenue de ta visite. Je t'en prie, assois-toi. Laisse-nous seules, Octave, s'il te plaît.

Celui qui se prétendait son fils sortit en refermant la porte. Nous prîmes place, l'une face à l'autre, dans des fauteuils de cuir rouge. Je promenai mon regard sur les murs recouverts d'aquarelles et d'assiettes en faïence peintes à la main et remarquai finalement la bonbonnière de cristal débordante de chocolats posée devant nous, sur la table à café. Je comptai machinalement les friandises : il y en avait douze. Mme Dufour surprit mon regard.

– Tu aimes le chocolat ? demanda-t-elle. Prends-en quelques-uns, si tu veux. Ils viennent de la confiserie Lowney's, sur la rue Williams dans le Griffintown, et sont, paraît-il, excellents.

Je fis semblant de m'étonner, sachant pertinemment qu'aucun n'avait été mangé.

— Vous n'y avez pas goûté ? demandai-je en me servant.

— Je fais des allergies au chocolat, répondit-elle avec une petite moue résignée. Voilà des mois que je n'en ai pas mangé. Ça me donne d'affreuses migraines et j'en ai pour des jours à me remettre.

— Vous avez offert des chocolats de marque identique à sœur Aurore, constatai-je en lisant le symbole marqué au sceau sur le dessus de la sucrerie.

Elle parut un court instant décontenancée puis, habilement, dévia la conversation :

— La mère supérieure m'a confié que tu enquêtais sur un incident impliquant l'économe et que tu désirais me poser quelques questions. Tu dois être très douée pour qu'elle t'ait chargée d'une pareille mission.

— Dans la nuit du 23 décembre, on a tenté d'étrangler votre amie, racontai-je.

— D'abord, sache que l'économe n'est pas mon amie, riposta-t-elle d'un air faussement amusé. Ensuite, sache que je n'ai pas bougé d'ici cette nuit-là.

— Quelqu'un peut-il le confirmer ?

– Non. Octave n'est revenu du collège du Mont-Saint-Louis que le lendemain.

– Si sœur Aurore n'est pas une de vos proches relations, pourquoi lui rendez-vous visite chaque dernier dimanche de l'année ? rétorquai-je, du tac au tac.

– Vraiment, je n'ai plus de vie privée dans cette ville ! pesta-t-elle en fronçant ses blonds sourcils.

Puis, relevant fièrement la tête, elle me toisa avec férocité.

– Que je visite ou non sœur Aurore au pensionnat Sainte-Catherine depuis deux ans ne te regarde pas, ma petite. Je te trouve bien impertinente et si je n'avais pas tant de considération et d'affection pour la révérende mère, qui m'a demandé de te recevoir, je mettrais immédiatement un terme à notre entretien.

J'encaissai la réplique sans broncher, mâchant lentement la sucrerie avant de reprendre :

– Quelles étaient vos relations avec Hortense, la cuisinière de maître Leduc, quand elle travaillait pour votre père ?

Ma question la fit sourire.

– J'ai toujours aimé Hortense, je la considérais un peu comme une tante. Mais, je ne vois vraiment pas…

– Croyez-vous qu'elle aurait pu chercher à se venger des Leduc à cause de son renvoi ?

– Jamais ! protesta-t-elle en rougissant légèrement. La pauvre Hortense avait bien d'autres chats à fouetter à l'époque.

– ... Comme s'occuper d'un bébé, par exemple ?

– Comment, tu es au courant ? s'étouffa-t-elle en s'empourprant davantage.

Et, comme je ne disais rien, elle ajouta, non sans avoir jeté un rapide coup d'œil vers la porte :

– C'est un secret que je garde depuis vingt-cinq ans, Vipérine Maltais. J'espère que tu sauras m'imiter pour sauvegarder l'honneur de notre pauvre Hortense.

– À partir du moment où je saurai la vérité, je deviendrai muette comme une tombe, c'est certain, l'assurai-je.

Philomène Dufour soupira, avant d'enlacer ses longs doigts autour de ses genoux.

– Ce soir-là de 1895, un peu avant Noël, Hortense est venue frapper chez mes parents, commença-t-elle. Elle pleurait autant que le nouveau-né qu'elle serrait dans ses bras. On m'a ordonné d'aller dans ma chambre, mais j'avais tout compris, je n'étais pas idiote. Je suis certaine que les Leduc venaient de la congédier à cause de cet enfant qu'elle avait eu sans être mariée. Mon père, qui était avant tout un homme de cœur, l'a engagée, logée et nourrie, pour dix piastres par mois, ce qui était considérable à l'époque. Cependant, moins de deux jours après son arrivée chez nous, le député, le curé et l'économe ont débarqué en délégation à la maison. Ils se sont enfermés dans le bureau de papa avec Hortense et, quand ils sont repartis, une heure plus tard, ils emmenaient le bébé avec eux.

– Hortense avait donc consenti à se séparer de l'enfant ?

– Elle a signé tous les documents nécessaires pour autoriser son adoption, confirma Philomène Dufour. C'est un geste qui l'honore, comme il honore aussi toutes ces femmes qui, malgré leur immense chagrin, abandonnent leur bébé pour lui permettre de s'épanouir dans une famille où il ne manquera de rien.

Elle sourit.

– C'est le cas d'Octave, qui a grandi à l'orphelinat et dont je suis devenue officiellement la mère le mois dernier. Je l'aime beaucoup et je suis très fière de lui. Je l'ai placé comme interne au collège du Mont-Saint-Louis et j'en ferai un grand avocat ou un médecin célèbre.

— Félicitations ! bredouillai-je, confuse de ne pas avoir compris plus tôt.

— Bien qu'Hortense ait été grandement affligée de devoir abandonner son bébé, l'économe m'a assuré que sa fillette avait été élevée par des parents aimants et fort dévoués, quoique peu fortunés, poursuivit Mme Dufour en pinçant les lèvres. Mon mari a largement contribué par ses dons annuels à la subsistance de cette enfant.

— Il connaissait donc cette famille ? m'étonnai-je.

— Bien sûr que non, répliqua-t-elle vivement. Sœur Aurore a toujours agi comme intermédiaire entre ces gens et lui.

— Elle recevait et distribuait les sommes qu'il lui versait ?

— C'est exact, ma petite.

Je me levai pour prendre congé, puis m'immobilisai soudain sur le seuil.

— Avez-vous été la seule héritière de la succession de votre mari ? demandai-je en me retournant vers la femme.

Philomène Dufour me dévisagea d'un air à la fois abasourdi et insulté.

— Que penses-tu, ma petite ? Le testament de mon mari est formel, dit-elle sèchement. Nous n'avons jamais eu d'enfants et il m'a tout légué. Vérifie auprès d'un notaire si tu ne me crois pas !

– Qu'est-il advenu de cette bonne qui travaillait chez vous au moment où votre père a engagé Hortense ?

Son visage se figea, tels les yeux flottant sur la soupe refroidie qu'Alice-Bourret-la-capricieuse avait refusé de manger la veille.

– C'est extraordinaire, j'avais complètement oublié cette fille, dit lentement l'épouse du médecin en fixant un point invisible devant elle. Elle est restée à la maison quelques mois à peine et je ne l'ai plus jamais revue. Si mes souvenirs sont exacts, elle était tombée gravement malade. Une chose est cependant sûre : elle nous a quittés bien vite et je suis incapable de me souvenir de son nom.

– Ce qu'on ne sait pas ne fait pas de mal, murmurai-je avant de tourner brusquement la poignée de la porte.

Je butai alors contre Octave qui, appuyé à la porte, faillit perdre l'équilibre. Il me dévisagea en esquissant un sourire gêné, tentant de camoufler maladroitement le verre vide qui lui avait servi d'amplificateur pour espionner notre conversation.

Il courut derrière moi et, me rattrapant dans l'entrée, posa une main ferme sur mon poignet.

– Qu'as-tu voulu insinuer par « Ce qu'on ne sait pas ne fait pas de mal » ? me demanda-t-il en soutenant mon regard.

– Ta mère se doute de la vérité sans vouloir se l'avouer, répondis-je évasivement.

– Sa santé est fragile et je ne voudrais pas qu'elle souffre davantage, dit-il. Alors, si tu as besoin d'aide pour trouver ton coupable, compte sur moi et non sur elle, charmante Vipérine.

Persuadée qu'Octave se moquait de moi en me complimentant de la sorte, je ne pus m'empêcher de lui éclater de rire au visage, ce qui lui fit froncer les sourcils d'un air peiné.

– Je suis sérieux quand je t'offre mon aide. Je pourrai te revoir bientôt ?

Je quittai la demeure des Dufour les joues en feu et le cœur battant à tout rompre, comme si leur maison avait flambé d'un coup. Je courus ainsi jusqu'au pensionnat en ayant l'impression d'avoir les pieds ailés, poursuivie par les mots doux d'Octave.

7
Alphéna

Quand je pénétrai dans la salle adjacente au dortoir, après avoir réussi à semer Alice-Bourret-la-teigne, c'était encore l'heure du conte, lequel précédait chaque soir la récitation du chapelet et le coucher des plus jeunes. Installée dans un fauteuil confortable avec une toute petite fille sur les genoux, la future religieuse Alphéna avait fait asseoir en demi-cercle devant elle une dizaine de couventines entre quatre et huit ans, vêtues de leurs robes de nuit immaculées et coiffées de leurs bonnets assortis. Elle leur narrait de sa voix un peu flûtée une histoire d'Andersen.

Quoique petite et effacée, la novice parvenait, de son sourire un peu timide, à capter toute leur attention. Je devinai sous son voile noir, plus court que celui d'une religieuse officiellement reçue, des cheveux châtains indociles et des yeux d'une couleur indéfinissable, oscillant entre le brun et le vert. Elle ne devait avoir guère plus de vingt-trois ans, soit l'âge de ma sœur Blandine. Alphéna ressemblait à une reine avec toute sa cour, mais à une reine si triste que je sentis ma gorge se serrer. Je m'assis à l'écart pour ne pas les déranger.

– La petite fille frotte une seconde allumette, poursuivit Alphéna en mimant le geste de la petite marchande d'allumettes. Elle voit alors dans la lueur une table couverte d'une belle nappe blanche, sur laquelle brille une superbe vaisselle de porcelaine. Au milieu, on a déposé une magnifique dinde rôtie, entourée de purée de panais et de pommes de terre, avec de la compote d'atocas. Et puis plus rien : la flamme s'éteint à nouveau.

Ses jeunes auditrices soupirèrent un « ah ! » déçu, yeux ronds et bouches grandes ouvertes. La conteuse laissa adroitement durer le suspense avant d'enchaîner :

– L'enfant frotte une troisième allumette. Elle se voit alors transportée près d'un arbre de Noël tout illuminé. Sur ses branches vertes brillent mille bougies de couleur, de tous côtés pendent des cannes en sucre d'orge et des biscuits en pain d'épice. La petite tend la main pour en saisir un, mais l'allumette s'éteint à nouveau.

Cette fois-ci, les fillettes retinrent leur souffle.

– Le beau sapin vole soudain vers le firmament et une des bougies devient une étoile filante, continua Alphéna. «Voilà quelqu'un qui va mourir», se dit la petite fille. Sa vieille grand-mère, le seul être qui l'a aimée et qui est morte, lui avait un jour dit que, lorsqu'on voit une étoile qui file, une âme monte vers le paradis. Elle frotte encore une allumette : une grande clarté se répand et, devant l'enfant, apparaît la bonne grand-maman. «Mémère, s'écrie la petite, emmenez-moi avec vous!»

– Oui, oui! cria alors une petite brunette de troisième année, assise en tailleur aux pieds de la religieuse, en joignant les mains.

– L'enfant allume une nouvelle allumette, et puis une autre, et enfin tout le paquet, pour voir la grand-mère le plus longtemps possible. La grand-maman prend la petite dans ses bras et l'emporte dans un lieu où il n'y a plus ni de froid, ni de faim, ni de chagrin, devant le trône de Dieu. Le lendemain matin, les passants trouvent la petite fille morte. Elle tient dans sa petite main toute raidie les restes brûlés d'une boîte d'allumettes.

– Oh, non…, laissa échapper avec découragement une jeune auditrice.

Les fillettes étaient néanmoins toujours suspendues aux lèvres d'Alphéna, yeux écarquillés, dans un silence ému et attentif, espérant peut-être qu'un miracle vienne réparer cette triste conclusion.

– Mon conte est terminé, mes chéries. Il est temps à présent d'aller au lit, dit la novice. Demain, si vous avez été bien sages et obéissantes, je vous raconterai l'histoire de Boucle d'or et des trois ours.

Elle repoussa avec douceur l'enfant assise sur ses genoux et qui s'accrochait à son cou. Après quelques protestations d'usage, les couventines remercièrent une à une la future religieuse et sortirent à contrecœur pour rejoindre leur lit.

– Bonne nuit, mes toutes belles, dormez bien et récitez toutes vos prières, leur recommanda Alphéna, en caressant quelques têtes au passage. Et n'oubliez pas d'ôter vos bonnets pour dormir : les poux aiment la chaleur !

La novice referma la porte et me fit signe d'approcher.

– Vous enlevez votre bonnet de nuit, vous aussi, ma sœur, avant d'aller au lit ? lui lançai-je d'un ton moqueur.

– Bien sûr : il faut toujours enlever son bonnet, sinon c'est l'épidémie de poux assurée ! dit-elle en souriant et en me faisant asseoir face à elle. Tu as aimé mon histoire ?

Malgré le règlement du couvent qui lui imposait le vouvoiement avec toutes les élèves, sœur Alphéna ne parvenait pas encore à s'y astreindre.

– C'est un peu trop lugubre avant le coucher, répondis-je.

Elle éclata de rire.

– Et les petites ne savent pas tout, me confia-t-elle. Tu savais que, pour composer son conte, Hans Christian Andersen s'était probablement inspiré d'un drame ayant fait la une à l'époque ?

– C'est vrai ? fis-je, soudain intriguée.

– Autour de 1850, on mit sur le marché des allumettes fabriquées avec du phosphore qu'on a vendues ensuite pendant un demi-siècle, expliqua-t-elle. On les appelait les « allumettes chimiques ». Quand on les allumait, les vapeurs nocives qui s'en dégageaient devenaient de véritables poisons. C'est sans contredit ce qui explique le triste destin de la petite vendeuse d'allumettes d'Andersen.

Comme je me repliais dans un silence pensif, Alphéna se pencha vers moi, en me touchant la main. La sienne était totalement glacée.

– La mère supérieure m'a confié que tu voulais m'entretenir à propos du fâcheux incident qui a alité notre sœur économe il y a quelques jours, dit-elle.

– Vous allez officiellement devenir religieuse au printemps ? demandai-je.

– Oui, je dois prononcer mes vœux définitifs à Pâques, même si je ne suis pas encore sûre d'avoir la vocation, fit-elle d'une voix éteinte. Voilà déjà deux fois que je repousse cette échéance, mais on ne me donne plus beaucoup le choix, maintenant.

– De qui voulez-vous parler ? demandai-je, persuadée que ma grand-tante Saint-Ignace ne lui aurait jamais forcé la main pour prendre le voile.

– De ma bienfaitrice, notre chère sœur Aurore. La voilà à présent qui récite des neuvaines[1] pour obtenir la grâce que je rentre en religion !

Son « chère » sonnait étrangement faux. Alphéna laissa fuser un petit rire amer, assaisonné d'un soupçon de rancune.

– Qu'en disent vos parents ?

– Je suis orpheline, Vipérine. Je n'ai aucune famille et j'ai été élevée au couvent depuis ma naissance, comme la jeune Alice Bourret.

---

1. Série de prières qu'on fait pendant neuf jours consécutifs.

— Vous ne voulez pas de famille ni d'enfants ? fis-je avec surprise.

— J'en ai une centaine à m'occuper chaque jour ! rétorqua-t-elle en se forçant à sourire. J'ai obtenu mon brevet d'enseignement pour cette unique raison.

— Vous auriez dû essayer de vous marier, soupirai-je.

— Tu sais, je ne rentre pas chez les religieuses parce que je n'ai pas connu d'homme, me confia-t-elle en baissant la voix. Je me suis même fiancée il y a deux ans, alors que j'enseignais dans une école des pays d'en haut.

— Et vous avez rompu avec votre fiancé ?

— Cet homme n'était pas un bon parti pour moi, dit-elle avec résignation. Sœur Aurore a su m'ouvrir les yeux à temps, sans quoi j'aurais trahi les desseins que Dieu a conçus à mon égard. Mais toi, tu te marieras, Vipérine.

Alphéna empoigna soudainement ma main.

— Quand ton père t'a placée au couvent avec Olivine quelques mois après la mort de ta mère, je n'avais que onze ans, mais je me souviendrai toute ma vie de cet adorable bout de chou au visage trop grave que tu étais, fit-elle en accrochant son regard au mien. Tu tentes encore de cacher ta sensibilité sous une carapace de dure à cuire pour ne pas souffrir, mais je te connais comme si je t'avais tricotée, Vipérine Maltais. Tu crois peut-être qu'Olivine est la seule à avoir du charme, mais tu es loin d'en être dépourvue, toi aussi. De plus, contrairement à ta sœur, tu as la chance de posséder une intelligence remarquable. Tu as donc tout ce qu'un homme aimant peut désirer, ne l'oublie jamais. Et cesse d'être aussi intransigeante avec toi-même…

Elle se mordit la lèvre inférieure tout en jouant nerveusement avec le crucifix qui pendait à son cou. Ses doigts tremblaient.

— Nous sommes bien loin du sujet qui te préoccupe, se reprit-elle brusquement.

— Racontez-moi ce qui est arrivé pendant la nuit du 23 décembre, demandai-je, fort mal à l'aise du portrait qu'elle avait fait de moi.

— Je me suis mise au lit vers vingt et une heures, commença-t-elle. J'avais dû avaler un cachet, car je suis sujette à de petites crises de somnambulisme quand je suis exténuée.

— Que faites-vous quand vous êtes somnambule ?

— Les sœurs m'ont dit que je me promène partout avec mon bonnet, un vrai chemin de croix ! Il paraît que j'ai même déjà tapé sur la machine à écrire de la révérende mère ! fit-elle en riant. Je ne me souviens strictement de rien au matin, mais je me réveille chaque fois totalement épuisée.

– Vous avez donc pris un cachet pour dormir…

– Oui, mais vers une heure du matin, un bruit m'a tirée du sommeil, continua-t-elle. J'ai tendu l'oreille, c'était un gémissement qui provenait de la chambre voisine, celle de sœur Aurore. Je me suis aussitôt levée pour vérifier si elle n'était pas souffrante. Quand je suis arrivée, elle se débattait dans le noir. Il a suffi que j'allume sa lampe pour que ça cesse.

– Y avait-il quelqu'un d'autre dans la chambre ? demandai-je en cherchant dans ma poche mon petit calepin et mon bout de crayon.

– Il n'y avait personne. Cependant, juste avant d'entrer, j'ai cru voir une ombre d'enfant qui s'enfuyait, répondit la religieuse en détournant les yeux.

– Aviez-vous pris le temps d'enfiler des pantoufles avant d'accourir chez l'économe ?

– Bien sûr que non ! s'écria-t-elle. J'étais bien trop pressée.

– Pourquoi êtes-vous si exténuée par les temps qui courent, sœur Alphéna ? demandai-je en cessant de griffonner.

Elle me regarda droit dans les yeux.

– Je dois prendre une importante décision et cela me tourmente, Vipérine. Mais que cela reste entre nous, surtout. On m'a offert d'aller enseigner aux enfants des colonisateurs du village d'Amos, en Abitibi, très loin d'ici, dans le nord-ouest de la province de Québec. Pardonne-moi maintenant, mais la sœur économe m'attend à l'infirmerie pour la visite quotidienne.

– Sœur Aurore est encore alitée ? m'étonnai-je.

– Elle s'entête à vouloir rester à l'infirmerie aussi longtemps que le mystère n'aura pas été résolu, soupira Alphéna.

Elle ouvrit la porte pour sortir et j'eus alors la surprise d'apercevoir Alice Bourret qui s'éloignait au pas de course. Persuadée qu'elle avait espionné notre conversation, je la pris aussitôt en chasse à travers un dédale de sombres couloirs.

8
Alice Bourret

Après une poursuite effrénée, je réussis enfin à empoigner Alice-la-taupe par un bras.

– Lâche-moi, Vipérine-la-pas-fine ! hurla Alice en se débattant comme un diable dans l'eau bénite.

Malgré sa maigreur, elle mit une telle force à vouloir m'échapper que la manche de sa robe se déchira bientôt dans un bruit sinistre.

– Regarde ce que tu as fait, Vipérine-la-vipère ! cria-t-elle sans que je la lâche pour autant.

Elle savait que je détestais mon prénom, et la teigne en profitait pour le tourner une fois de plus en ridicule.

J'enfonçai davantage mes ongles dans son avant-bras, regrettant même de les avoir coupés la veille.

– Sœur Aurore va me tuer et ce sera ta faute ! paniqua-t-elle en tentant d'examiner la déchirure de son vêtement. Je suis sûre que je n'aurai pas d'étrennes cette année encore si l'économe voit ma robe dans cet état-là…

– Tu l'as bien cherché ! ripostai-je en la lâchant, soudain honteuse de mon agressivité.

Pour un peu, Alice se mettait à pleurer, l'inquiétude ravageant son visage pâle et émacié. C'est alors que l'image de son dernier Jour de l'an aux mains vides s'alluma dans ma mémoire pour me lézarder le cœur : n'avait-elle pas reçu pour tout présent qu'une pomme de terre et un morceau de charbon dans ses étrennes, tandis que les autres pensionnaires avaient trouvé fruits et friandises dans leur bas de laine ? Cette plaisanterie de sœur Aurore, au goût plus que douteux, lui avait extirpé des larmes bien amères et ma petite Olivine avait dû partager ses douceurs avec son amie pour parvenir à la consoler un peu.

– Je vais la recoudre, ta robe ! Mais seulement si tu acceptes que nous nous parlions calmement, proposai-je.

Elle hocha la tête et essuya furtivement une larme qui fuyait vers la commissure de ses lèvres trop minces. Je lui empoignai la main, qu'elle avait totalement glacée, lui faisant signe de se taire, puis lui ordonnai de me suivre sans rouspéter. Après avoir franchi maintes portes et couloirs menant à une aile du bâtiment défendue aux élèves, nous empruntâmes un minuscule escalier en colimaçon dissimulé dans une garde-robe, qui conduisait à une ancienne cellule de religieuse. La pièce sans fenêtre ne contenait pour tout mobilier qu'un vieux lit de fer et une chaise droite. Nous nous assîmes toutes deux sur le matelas défoncé.

– C'est incroyable, cette salle secrète ! s'exclama Alice en arrondissant les yeux d'excitation.

– C'est la chambre où ma tante Saint-Ignace faisait ses retraites fermées, expliquai-je.

– Vous êtes chanceuses, Olivine et toi, d'être les nièces de la supérieure. Moi, on me punit tout le temps et je n'ai jamais de privilèges, murmura-t-elle d'une voix un peu traînante. Et tu as ta famille, toi…

– Pourquoi tu m'espionnes, au juste ? demandai-je en refusant de m'apitoyer sur son sort.

Alice Bourret se mordit la lèvre. Elle aurait pu être jolie si elle ne paraissait pas aussi maladive.

– Je veux savoir sur quoi tu enquêtes, répondit-elle.

– Tu sais très bien que j'essaie d'attraper celui

qui a voulu tuer l'économe, répliquai-je. Et je trouve justement que tu agis comme quelqu'un qui a des choses à cacher, Alice Bourret.

L'orpheline rougit violemment, ce qui fit ressortir les taches de son qui parsemaient ses joues trop blêmes.

– Ce n'est pas moi! protesta-t-elle avec véhémence. Ta sœur Olivine déteste l'économe, elle aussi!

– Tout le monde déteste sœur Aurore. Mais tout le monde ne m'espionne pas pour autant. D'ailleurs, si je me souviens bien, quand Alphéna nous a réveillées la nuit du 23 décembre, tu étais déjà debout à côté de ton lit. C'est sûrement toi qui as tenté d'étrangler l'économe.

Alice me regarda avec de grands yeux apeurés. Elle ouvrit la bouche, mais aucun son ne voulut en sortir. Je lui saisis la main.

– Si ce n'est pas toi la coupable, Alice, dis-moi ce que tu faisais debout à une heure du matin, repris-je doucement.

Elle baissa les yeux.

– Je mangeais, murmura-t-elle enfin.

– Tu mangeais?

– Oui, je mangeais les oranges et les pommes récoltées pour la collecte des étrennes. La sœur m'avait chargée d'aller les porter au réfectoire la veille. J'ai encore deux pommes sous mon lit, si tu les veux.

Elle me dévisagea et joignit les mains d'un air suppliant.

— Je t'en prie, Vipérine, ne me dénonce pas à l'économe ! Je ferai tout ce que tu veux, c'est juré !

— Garde tes pommes, Alice, je ne dirai rien. Mais si tu mangeais aux repas au lieu de faire ta capricieuse, tu n'aurais pas aussi faim pendant la nuit, la rabrouai-je.

— On voit bien que ce n'est pas dans ton assiette que l'économe vide une salière à chaque repas ! s'étrangla-t-elle. Je suis sa tête de Turc préférée et elle m'a toujours détestée sans raison !

Une immense détresse remplit ses yeux, inondant ses joues creuses d'un nouveau torrent de larmes. La vérité sur les tortures que lui infligeait quotidiennement sœur Aurore me fit l'effet d'une gifle ; je revis la pauvre fille, jour après jour, délaisser immanquablement toute sa nourriture, à l'exception de son petit pain au beurre. Je passai un bras autour de ses épaules secouées par les sanglots.

— Je te donnerai ma robe, Alice, et je porterai la tienne, la consolai-je. Et je te donnerai tous mes petits pains.

Je ne savais pas trop quoi lui dire et je me sentais très maladroite. Comme j'avais été stupide de ne pas avoir deviné la vérité avant aujourd'hui ! Mes malheurs me parurent bien insignifiants à côté des siens.

9
Fouilles et cafouillis

Installée à ma table de travail depuis le matin, je posai soudain les yeux sur le vieux journal jauni dont je m'étais forcée à lire tous les intertitres.

– Ça par exemple… ! m'exclamai-je après avoir dévoré un petit paragraphe en bas de page.

Je plaquai aussitôt une main sur ma bouche. Trop tard : l'écho de ma dernière syllabe rebondit sur les murs, et un silence gênant se substitua au léger bourdonnement qui remplissait jusqu'alors la salle de bibliothèque du pensionnat.

Comme je retenais mon souffle, une cornette pointue se dressa par-dessus le haut amoncellement d'hebdomadaires que j'avais empilés devant moi. J'imaginai sans peine le visage renfrogné et plissé de sœur Bibi. Bibi, c'était le surnom qu'Olivine et Alice avaient donné à l'acariâtre nonne, archiviste et responsable de la bibliothèque.

– Vipérine ? chuchota une voix hésitante.

Je m'empressai d'amputer ma tour Eiffel d'une douzaine d'exemplaires du *Monde illustré* pour découvrir, étonnée, le visage paisible de sœur Saint-Ignace.

– Enfin, te voilà ! souffla-t-elle. Je te cherche partout depuis ce matin. Veux-tu bien me dire ce que tu fabriques ici, le nez plongé dans tes gazettes ?

– Je fais des fouilles, ma tante, répondis-je. Il faut bien que l'une de nous fasse avancer l'enquête…

Les yeux de ma grand-tante s'arrondirent de désapprobation derrière le verre de ses petites lunettes rondes.

– Ma chère enfant, si tu savais à quel point mes fonctions de directrice m'ont tenue occupée ces jours-ci ! gémit-elle en guise d'excuse. Néanmoins, j'ai tout de même réussi à me libérer un tant soit peu pour effectuer les deux appels téléphoniques dont tu m'avais parlé.

– C'est vrai ? fis-je en levant vers elle un sourcil que je voulus délibérément soupçonneux.

Faisant fi de mon attitude, Saint-Ignace me sourit avec indulgence.

– D'abord, j'ai demandé à l'opératrice de Bell Téléphone de me mettre en communication avec le Mont-Saint-Louis. J'ai ainsi pu vérifier si le fils de Mme Dufour avait bel et bien dormi au collège durant la nuit du 23 décembre.

— Et alors, ma tante ? la pressai-je.

— Il y était bien, en effet, confirma-t-elle, toujours flegmatique. Il n'a pas bougé d'un iota jusqu'au lendemain.

— Je le savais ! murmurai-je.

— Ensuite, poursuivit-elle, j'ai joint maître Leduc, le notaire de la congrégation. Le cher homme m'a assuré que je pouvais consulter le fameux document que l'on sait en me rendant directement au bureau d'enregistrement de la ville de Montréal. En fait, toute la population a accès aux actes qui y sont déposés.

Je me levai d'un bond.

— Allons-y tout de suite, ma tante. Prenons le p'tit char ! l'exhortai-je en joignant les mains.

— Doux Jésus, ma chère enfant, tu n'y penses pas ? s'alarma Saint-Ignace en se saisissant du crucifix qui pendait à son cou. Prendre le tramway, à mon âge ?

Au même instant, la sœur bibliothécaire surgit devant nous comme une enragée ; je crus même voir un filet d'écume mousseuse poindre à la commissure de ses lèvres pincées.

— On garde le silence, ici ! tonna-t-elle.

Bibi reconnut subitement la supérieure de l'école normale et, de vert qu'il était, son visage vira au jaune, puis au rouge, semblable aux fameux feux tricolores pour automobiles qu'on venait juste d'installer à New York.

— Révérende mère ? bafouilla-t-elle en se tordant les mains. Quelle agréable surprise !

— N'est-ce pas ? rétorqua sèchement ma grand-tante, qui tentait de camoufler son propre malaise d'avoir elle-même enfreint le règlement.

Depuis l'éclat de Bibi, toutes les élèves se dévissaient en effet la tête dans notre direction. Je ne pus m'empêcher de pouffer de rire en voyant la bibliothécaire détaler comme un lièvre, et ce si vite qu'elle dut s'en fouetter l'arrière-train !

— Un peu de sérieux, je t'en prie, ma petite Vipérine, me réprimanda ma grand-tante à voix basse. Quelle sorte d'exemple donnons-nous ici... Bon, revenons-en à nos moutons.

— Revenons-en plutôt aux p'tits chars, plaidai-je en esquissant un sourire innocent. Vous n'évitez pas de prendre le tramway parce que vous souffrez du péché d'orgueil dont nous parle tant l'économe, j'espère ? Ne m'avez-vous pas toujours répété « qu'on peut toujours ce qu'on veut dans la vie », ma tante ?

Le visage de la vieille religieuse se rembrunit à nouveau, avant qu'un bon sourire ne le fende subitement comme un coup de hache. Saint-Ignace capitula de bonne grâce, me faisant promettre de ne souffler mot à quiconque de notre petite expédition… et, surtout, de l'aider à gravir les marches trop raides du wagon.

Si je me retins de lui sauter au cou à ce moment-là, c'est tout simplement que je ne voulus pas l'embarrasser davantage. Je me contentai de lui saisir la main, laquelle se cramponna aussitôt à la mienne.

— Quelle belle équipe nous formons toutes les deux, chuchota-t-elle en me lançant une pétillante œillade.

— Remontez vos jupes, ma bonne sœur, allez, hop ! s'écria le traminot.

Comme l'avait craint ma minuscule grand-tante, la première marche s'était révélée bien trop haute pour elle. L'employé du tramway la souleva à bout de bras pour finalement la déposer tout en haut de l'estrade d'acier, ce qui, somme toute et vu son poids plume, s'avéra un jeu d'enfant. Le train était bondé, mais un galant homme s'empressa de nous céder sa place. À mon grand dam, notre trajet n'allait durer que trente minutes.

S'il était rare de voir une vieille religieuse ou une couventine emprunter les transports en commun à cette époque, il l'était davantage d'en trouver deux d'un coup dans un bureau d'enregistrement foncier. À notre entrée, tous les notaires, avocats, clercs, huissiers et autres hommes de loi nous dévisagèrent sans vergogne, certains fâchés, mais la plupart franchement égayés par notre présence. Un silence sacro-saint régnait dans ces lieux empoussiérés, semblable à celui que tentait justement d'instaurer sœur Bibi dans sa bibliothèque. J'écarquillai les yeux : il y avait des dizaines, sinon des centaines de rangées parsemées de rayons de livres qui montaient jusqu'au plafond. Quel casse-tête ce serait pour retracer le fameux acte dans tout ce cafouillis de vieux bouquins !

Nous nous présentâmes au comptoir derrière lequel s'affairaient quelques employés dont les cous s'étaient encore raidis à notre vue. Je me sentis rougir de gêne, mais ma tante, elle, releva fièrement la tête. Autoritaire et nullement intimidée de pénétrer dans cette basse-cour pleine de coqs, Saint-Ignace demanda à consulter illico le document juridique en question. Sans un mot ni un sourire, le vieil employé, qui semblait du même âge qu'elle, fouilla un fichier puis un registre, avant de disparaître derrière une rangée de vieux répertoires tous identiques. Il revint exactement deux minutes et vingt secondes plus tard et déposa bruyamment sous notre nez un énorme livre en cuir noir.

– Acte numéro 64,013, aboya le sexagénaire. Installez-vous à une table, là-bas, ma sœur. Et toi, la petite, on ne chahute pas ici.

– Vous parlez à tort et à travers, jeune homme, persifla ma grand-tante, qui appelait « jeune homme » tout mâle qui avait en deçà de quatre-vingts printemps. Sachez que ma nièce est bien moins bruyante que vous.

Et toc ! Je me sentis aussitôt réchauffée par une bouffée d'amour. J'esquissai un sourire triomphant, pour ne pas dire triomphal et, me saisissant du livre, je le transportai péniblement jusqu'à une table. Nous nous empressâmes de chercher le fameux acte numéro 64,013. Quel charabia ! Sans les explications éclairées de Saint-Ignace, il ne fait aucun doute que je me serais à jamais perdue dans tous ces grands mots de juriste ! Néanmoins, j'eus beau dénicher certaines réponses à mes interrogations à travers les lignes, elles entraînaient autant de nouvelles questions si bien que, à la fin, je refermai le volume avec découragement.

– Est-ce qu'il existe un registre pour répertorier les orphelines qui ont été placées au couvent en 1895 ? demandai-je à ma grand-tante sur le chemin du retour.

Assise près de moi, Saint-Ignace cligna ses gros yeux marron derrière les verres de ses petites lunettes argentées.

– Voilà une question qui tombe à pic, ma petite Vipérine, répondit-elle de cette voix qui ne chevrotait jamais. Ce registre, précisément, a disparu il y a quelques années de façon bien mystérieuse et il demeure toujours introuvable, malgré toutes les recherches entreprises par notre sœur archiviste.

Pour tomber à pic, ma question se posait là ! J'envisageai aussitôt une seconde visite dans la cellule de sœur Aurore.

Quand j'en sortis, quelques vingt minutes plus tard, je réprimai un gloussement de joie. Mes démarches avaient été fructueuses. Cette fois, toutes les pièces du puzzle s'emboîtaient. Il était temps de passer au dernier acte. Le plus difficile…

10
Le dernier acte

Ils étaient tous présents : d'abord sœur Aurore, qui arborait sous son voile impeccable l'air outragé et les lèvres pincées d'une malheureuse victime ; près d'elle, la douce et timide novice Alphéna, yeux baissés sur ses mains jointes, aussi compatissante qu'embarrassée, et qui aurait tout donné, sans doute, pour ne pas se trouver là (il faut dire que les deux nonnes étaient aussi isolées dans le coin gauche du grand salon que le vilain petit canard sur sa mare). Venait ensuite la cuisinière Hortense, revêtue, pour l'occasion, d'un tablier de dentelle avec sa coiffe assortie, qui s'activait au service des invités et servait tout le monde, sauf l'économe. Debout devant la cheminée, maître Leduc, affublé de ses dignes col raide et nœud papillon, triturait sa moustache en discutant avec le joyeux mais malodorant Uldoric Pinard. Celui-ci, revêtu sans complexe de sa salopette tachée de marchand de glace, prophétisait sur les rigueurs du printemps qu'on aurait, sans savoir où poser la casquette qui embarrassait ses grosses pattes d'ours velues. Non loin d'eux, agglutinée à ma tante Saint-Ignace, béret de travers comme une chanteuse du *Monument national*, Olivine lançait de longs regards éperdus à Octave. Mais celui-ci faisait mine de l'ignorer, les yeux résolument rivés sur moi, et tenait compagnie à sa mère, la belle et très élégante Philomène Dufour. La veuve exhibait une voilette de dentelle sous laquelle elle affichait de temps à autre un petit sourire angélique à l'intention de son hôte, maître Leduc. Finalement Alice Bourret qui, précisément, se « bourrait » la panse de petits-fours à la cannelle et aux pommes sans pouvoir s'arrêter, goinfrerie que semblait d'ailleurs encourager Hortense.

Disséminés dans le grand salon du notaire, les invités semblaient aussi disparates que les semences dispersées par le vent à travers les allées d'un grand jardin. Derrière leurs sourires abreuvés de punch aux fruits, la plupart d'entre eux dissimulaient plutôt mal leur impatience. Je crus même en voir certains qui se dardaient mutuellement de regards méfiants.

Quand enfin sonnèrent huit heures, la mère supérieure nous fit asseoir et Hortense rapatria les petites tasses de cristal sur un grand plateau, avant de choisir elle-même une chaise. Saint-Ignace prit la parole :

– Je remercie maître Leduc de nous avoir autorisés à nous réunir dans cette pièce afin que la lumière soit faite sur cette mystérieuse tentative de meurtre contre la personne de notre économe, sœur Aurore. Si ma chère nièce vous a convoqués ce soir, c'est qu'elle est enfin en mesure de nous révéler le nom du ou des coupables, annonça-t-elle avec une autorité qui lui était toute naturelle. Je n'en sais pas beaucoup plus que vous, mes chers amis. Je te laisse donc la parole, Vipérine.

Un murmure diffus se répandit dans le boudoir, tandis que la révérende mère s'assoyait à son tour, après avoir caché ses mains dans les larges manches de sa robe, comme si ces dernières étaient des manchons. Je me levai pour me poster devant mes auditeurs, dont les expressions variaient, tel un prisme d'humeurs, pour se dégrader de la simple curiosité amusée au scepticisme bouillonnant.

J'avais soudain les jambes comme du coton. Je dus me croiser les mains derrière le dos afin de cacher leur tremblement. Quel trac j'avais ! Et si je me trompais ? De quoi aurais-je l'air devant tous ces gens réunis juste pour m'entendre, moi ? Du regard, je cherchai instinctivement les yeux de Saint-Ignace. Son bon sourire plein de confiance eut sur moi l'effet d'un puissant baume et me calma presque instantanément. Je me raclai la gorge afin de m'éclaircir la voix.

– Nous savons tous ce qu'il est advenu à sœur Aurore pendant la nuit du 23 décembre dernier, commençai-je posément. Du moins, le croyons-nous. Vers une heure du matin, elle dit s'être réveillée alors qu'on la secouait par les épaules et qu'on tentait de l'étrangler. Elle a finalement réussi à crier et sœur Alphéna est accourue à son secours, allumant la lumière et mettant en fuite, semble-t-il, le coupable de cette odieuse tentative d'assassinat.

– C'est exact, corrobora sèchement l'économe.

– Or, toutes les élèves du couvent auraient pu se glisser dans la cellule de sœur Aurore en pleine nuit, le dortoir étant situé au même étage, poursuivis-je en laissant planer un regard grave sur mon public. Même Alice ou Olivine, que sœur

Aurore s'évertue à tourmenter quotidiennement, corrompant la nourriture de l'une avec du sel et humiliant l'autre de ses remarques blessantes.

– Mensonge ! éructa sœur Aurore à travers le halo de murmures diffus qui se formait soudain autour d'elle.

– Et n'importe lequel d'entre vous aurait très bien pu s'introduire dans l'école par la porte de service, qui n'était pas verrouillée cette nuit-là, fis-je encore. Je pense particulièrement à M. Pinard, qui venait d'apprendre que ses gages de vingt piastres par saison pour sa livraison de glace disparaîtraient au printemps, l'économe ayant décidé d'acheter une machine à réfrigérer pour le remplacer. De plus, après avoir interrogé chacun d'entre vous (sauf Octave, qui n'est arrivé de son collège que le lendemain), je suis persuadée au-delà de tout doute raisonnable que vous aviez tous un motif de détester la victime…

– Bonté divine ! s'exclama l'économe, outrée. Comment pouvez-vous permettre à cette petite impertinente de dire de pareilles sottises ?

– On ne peut être à la fois juge et partie, ma petite-cousine, rétorqua Philéas Leduc qui esquissait un sourire amusé tout en bourrant sa pipe de tabac.

— Parle, parle, il en restera toujours quelque chose, m'encouragea Uldoric Pinard, en pointant vers moi un véhément coup de menton.

— J'ai donc dû procéder à la reconstitution des faits, repris-je. Bizarrement, j'en suis arrivée à élaborer deux histoires totalement différentes, qui n'ont en apparence aucun lien entre elles. Vous pourrez cependant juger comme elles se rejoignent parfaitement à la fin. Voici donc la première, que j'intitulerai : « Noël ancien ».

Mes auditeurs se détendirent et se mirent à sourire, comme si j'allais leur narrer, en cette avant-veille de Jour de l'an, et à l'instar de la novice Alphéna, un joli conte d'Andersen. Cependant, sitôt les premières syllabes articulées, la plupart des sourires bon enfant s'effilochèrent comme une recette ratée de tire d'érable...

— Un soir de 1895, quelques jours avant Noël, commençai-je lentement, une femme marche seule dans la ruelle derrière la rue Dufresne pour rejoindre la rue Logan par un raccourci. C'est Hortense, la cuisinière de la famille Leduc, qui s'en va rendre visite à une amie que, pour les besoins de la cause, nous nommerons Rose. Rose travaille comme domestique chez le docteur Sylvestre. Ce soir-là, Hortense est dans le secret des dieux, car elle sait que son amie vient de mettre au monde un bébé et qu'elle va mourir. Je ne sais pas au juste qui le lui a dit, sans doute Uldoric Pinard, le commissionnaire attitré du médecin.

– Bien joué, batêche ! me lança avec fierté le marchand de glace, les yeux pétillants d'excitation.

Devant moi, la cuisinière du notaire avait blêmi et s'était plaqué une main sur la bouche, tandis que dix-huit yeux féroces se braquaient sur elle.

– La naissance s'est très mal déroulée, même si le docteur Sylvestre était là, continuai-je. Rose est désespérée et demande à son amie de s'occuper du bébé, ce qu'Hortense lui jure de faire. Cette dernière emporte donc le nouveau-né ce soir-là, sous son manteau, à l'insu du médecin, dès que la première occasion se présente.

Hortense éclata en sanglots.

– Je l'aurais élevée cette petite, moi, si la sœur Aurore ne m'avait pas entravée ! hoqueta-t-elle, tandis que Mme Dufour, assise à côté d'elle, lui entourait l'épaule d'un bras consolateur.

Cette sorcière m'a empêchée de tenir une promesse faite à une amie trépassée !

Je repris toutefois calmement mon histoire, ignorant le regard assassin de l'économe :

– Le soir même, pour éviter le scandale, les Leduc mettent leur employée Hortense à la porte et cette dernière n'a d'autre choix que de retourner séance tenante chez le docteur Sylvestre avec le nouveau-né. C'est Philomène, la fille unique du médecin, qui lui ouvre la porte. Elle voit le bébé. On l'a tenue à l'écart du secret à cause de son jeune âge. Philomène est aussitôt persuadée que la cuisinière a eu un enfant illégitime.

– Vous avez cru ça de moi, madame ? s'étonna Hortense en écarquillant ses yeux rougis.

– Je l'avoue, admit l'autre en s'empourprant violemment derrière les fines mailles de la voilette de son chapeau de veuve.

– J'me demande bien qui aurait été le père, fit la cuisinière en se mouchant.

– Ce que j'ai été idiote, murmura la veuve en baissant les yeux. Il y avait un cancan et on murmurait que vous étiez amoureuse d'Anasthase Leduc, le père de Philéas.

– Cancan inventé de toutes pièces par ton futur mari pour t'obliger à rompre nos fiançailles, ma chère Philomène, objecta le notaire en armant son nez de sa paire de lorgnons.

– Je le reconnais, murmura la veuve. Mon mari, le docteur Dufour, logeait chez nous et était amoureux de moi, malgré mes dix ans de moins que lui.

– Sa mort voilà deux ans nous a prouvé à quel point il s'était comporté en scélérat pendant sa vie de garçon, bougonna le juriste.

– De grâce, Philéas ! s'écria la veuve horrifiée, en portant la main à son cœur.

– Le rôle essentiel d'un notaire est avant tout de sauvegarder l'histoire, la justice et la vérité, rétorqua l'homme de loi en humant avec délectation l'odeur du tabac qui l'enfumait comme s'il était une viande faisandée. Ton mari me détestait trop pour que je rédigeasse son testament et il a donc choisi un notaire qui ne le connaissait ni d'Ève ni d'Adam. Comme la loi exige qu'à la mort d'un individu, son testament soit publié au bureau d'enregistrement, ce document a été rendu public il y a deux ans. Je ne trahis donc rien en révélant que ton mari a légué une somme de cent piastres par année à sa fille unique et illégitime, placée au couvent à sa naissance, et dont seule ma *chère* petite-cousine connaît l'identité. Cette somme doit être versée à sa légataire, par l'intermédiaire de l'économe, jusqu'à ce que cette fille se marie.

Firent écho à ces paroles quelques exclamations indignées, auxquelles l'homme de loi coupa court :

— J'ai d'ailleurs été fort surpris de recevoir hier le coup de téléphone de notre révérende mère, qui voulait savoir le lieu où l'on pouvait consulter le testament du docteur Dufour, dit-il en me souriant avant de mordre l'embout de sa pipe.

— Ma chère nièce tenait à voir de ses propres yeux le fameux document, expliqua ma tante Saint-Ignace. Elle m'a dit que c'est Mme Dufour qui lui en avait donné l'idée.

— Ma tante Saint-Ignace et moi-même avons consulté ce testament au bureau d'enregistrement du palais de justice hier, repris-je doucement, soucieuse d'épargner les quelques vénérables cœurs qui battaient à tout rompre devant moi. Dans ce document, le docteur Dufour a exigé que son épouse remette la somme en petites coupures le dernier dimanche de chaque année, directement et secrètement à l'économe du couvent. Mme Dufour s'est donc conformée à cette volonté. Elle a camouflé l'épaisse liasse de billets dans une boîte de chocolats Lowney's, préalablement vidée dans une bonbonnière…

— Je ne pouvais pas remettre cette somme

dans l'enveloppe réservée aux étrennes, expliqua la veuve. Cela n'aurait plus été un secret.

— Voilà qui explique enfin cette erreur de chiffres dans la comptabilité de la congrégation et la réception de cette mystérieuse enveloppe vide…, souffla maître Leduc.

— Quelle erreur ? sursauta la supérieure du couvent, elle qui n'avait jamais été mise au courant de la chose.

— L'économe va se faire un plaisir de vous répondre, ma mère, ricana le juriste.

Sœur Aurore était furieuse, je crus même que de la fumée allait lui sortir des naseaux et des oreilles à ce moment-là.

— Eh bien, expliquez-vous, ma fille, s'étrangla Saint-Ignace.

La coupable baissa la tête et joignit les mains.

— Je n'aurais pas été obligée de fausser les chiffres si Mme Dufour n'avait pas remis cette année encore une enveloppe vide pour la collecte des étrennes ! plaida-t-elle.

— Cent piastres en petites coupures dans une boîte de chocolats, c'est bien assez, vociféra la veuve.

— Comme son généreux mari me remettait

cent piastres par année depuis vingt-cinq ans pour les besoins de sa fille, expliqua l'économe, et qu'il versait également un montant identique pour nos étrennes, j'ai fait comme si cela se poursuivait pour ne pas éveiller les soupçons. J'ai fait croire que Mme Dufour continuait de mettre cent piastres dans l'enveloppe pour les étrennes et j'ai donc comptabilisé la somme fictive comme une rentrée d'argent pour le couvent.

– Qu'avez-vous fait des cent piastres en petites coupures ? tonna la supérieure.

– L'argent a scrupuleusement servi aux besoins de la petite, bonté divine ! se défendit sœur Aurore.

– C'est vrai, admis-je. Reprenons donc ici notre histoire : deux jours après que le docteur Sylvestre a engagé Hortense, sœur Aurore se rend chez lui avec le député et le curé pour ramener le bébé et le confier à l'adoption. On fera signer plusieurs documents à Hortense en lui promettant sans doute qu'elle pourra revoir la petite. Mais comme la domestique ne sait ni lire ni écrire…

– Tu mens ! cria l'économe. Nous n'avons jamais agi de cette façon-là !

– Vipérine dit la vérité, affirma Hortense avec

colère. Ils m'ont promis que je pourrais la visiter tant qu'elle n'était pas adoptée. Puis l'économe m'a avisée deux jours plus tard que le bébé avait été placé en adoption.

Je repris le fil de mon récit :

— Hortense, l'ancienne bonne des Leduc, loge dorénavant chez le docteur, en remplacement de Rose. La veille de Noël 1895, les Leduc, qui n'ont pas encore embauché de nouvelle cuisinière, soupent légèrement. Ils font réchauffer un des nombreux pâtés préparés par Hortense les semaines précédentes et qu'elle a pris soin de congeler dans la chambre froide. Parents et enfants mangent de bon appétit. L'aîné, quant à lui, a été invité à réveillonner chez son parrain, le docteur Sylvestre.

— Même s'il y avait un froid entre nos deux familles à cause d'Hortense, mes parents ne voulaient pas perdre l'amitié des Sylvestre, se souvint maître Leduc en vidant sa pipe dans un cendrier sur pied. C'est pourquoi j'ai été autorisé à veiller chez eux. Il faut dire que je venais de me fiancer à Philomène.

— Une fois leur fils sorti, poursuivis-je, le couple Leduc se retire au salon avec le petit Zéphirin qui a quatre ans. On allume les bougies dans l'arbre de Noël et c'est ici même, dans cette pièce, que maître Leduc, rentré à l'aube, retrouve morte sa famille.

Un lourd silence tomba sur nous, plein d'un recueillement à la fois macabre et respectueux.

– Je vous en prie, mademoiselle Maltais, m'exhorta le notaire en se levant d'un bond, où voulez-vous donc en venir, à la fin ?

Les autres invités, pour la plupart, lui firent chorus et s'opposèrent vivement à ce que je continue à relater ces trois décès.

– Ce n'est pas mon intention, les rassurai-je tous. Maître Leduc se laissa tomber sur sa chaise en soupirant, et je continuai doucement :

– Après les funérailles, l'exécuteur testamentaire de la succession des Leduc, le docteur Sylvestre, engage son homme de main, Uldoric Pinard, pour mettre un peu d'ordre dans la maison, qu'on fermera jusqu'à ce que Philéas Leduc ait terminé ses études de droit. M. Pinard défait donc l'arbre de Noël, et range dans des boîtes, au grenier, les boules et les quelques bougies qui sont encore utilisables.

Je dévisageai alors mes auditeurs un à un.

– Ma première histoire se termine ainsi, dis-je pour conclure.

— Mais ça n'a ni queue ni tête ! protesta Philomène Dufour.

— Laissez-la donc continuer, dit sœur Alphéna de sa voix flûtée.

Ils se rangèrent finalement à son avis, visiblement las et déçus de mes propos qu'ils jugeaient étrangers à notre sujet. Je repris donc la parole :

— Mon histoire s'intitule cette fois : « Noël 1920 ». Vingt-cinq ans se sont écoulés depuis la mort tragique des Leduc. Philéas Leduc est depuis longtemps devenu notaire, et a réintégré la maison paternelle en engageant Hortense, qui l'avait visité au collège quand il était pensionnaire, ce que n'a même jamais fait sœur Aurore ou le reste de sa famille.

— Pff ! fit l'économe en levant vers moi un nez de dépit.

— Mais, peu importe, continuai-je. Hortense fait son grand ménage et trouve au grenier la boîte contenant les bougies de Noël, entreposée là par M. Uldoric Pinard quelque vingt-cinq ans auparavant. Comme elle doit préparer un sac d'étrennes pour les pensionnaires du couvent, elle y glisse naturellement les si jolies petites bougies bleu-vert. Quant à Philomène Sylvestre, qui est la veuve du docteur Dufour, elle vit dans l'ancienne maison paternelle. Le 23 décembre au matin, sœur Aurore et Olivine se présentent d'abord chez elle. C'est Octave, son fils adoptif, qui les accueille et leur remet l'enveloppe destinée à la congrégation. Elle est vide, naturellement.

– Cent piastres en petites coupures, c'est bien suffisant, répéta la veuve.

– Sœur Aurore se rend ensuite chez son petit-cousin, le notaire Leduc, qui la reçoit ici, au salon, et lui donne le sac contenant les bougies, poursuivis-je. L'économe croit voir dans l'escalier un bambin habillé en marin, que personne d'autre ne remarque.

– … Mon petit Zéphirin ? articula lentement Hortense, avant de plaquer une nouvelle fois ses mains dodues sur sa bouche.

De ma vie, je crois n'avoir vu sœur Aurore aussi éberluée qu'à ce moment-là.

– J'avais donc raison, il y avait un revenant ici, murmura-t-elle en se tournant vers l'escalier, son visage aussi blême que la cire d'un cierge pascal. Bonté divine…

– Il est probable que sœur Aurore ait eut une vision, fis-je lentement, tandis que devant moi, on était bouche bée. Celle du petit Zéphirin Leduc venant protéger sœur économe, par exemple.

— Me protéger ? s'étouffa la nonne.

— Oui, ma sœur. Vous avez rapporté le sac d'étrennes au couvent et en l'ouvrant, vous avez constaté qu'il contenait neuf petites bougies turquoise. Vous les avez gardées pour vous toute seule plutôt que de les distribuer.

— Et alors ? rumina l'économe. Comme il y en avait tout juste neuf, je les ai offertes à Notre-Seigneur pour ma neuvaine de prières, bonté divine !

— La neuvaine faite pour me convaincre de devenir une religieuse de la congrégation ? fit la novice Alphéna d'une voix blanche.

L'économe la considéra avec étonnement.

— Voyons, qu'est-ce qui te prend, mon Alphéna ?

— Il me prend que ce petit bébé que vous avez ramené au couvent, c'était moi ! hurla la novice en se levant de sa chaise, incapable de refouler les torrents de larmes qui lui montaient aux yeux. Vous savez bien que je suis née le 18 décembre 1895 !

— La petite Alphéna n'a jamais été adoptée, affirmai-je catégoriquement. Sœur Aurore l'a élevée près d'elle, au couvent, comme sa propre enfant, s'arrangeant pour la soustraire adroitement, au fil des ans, aux demandes répétées d'adoption, comme le prouve le registre qu'elle a fait disparaître et qu'elle cache encore sous son lit.

– Je l'aime, cette enfant, c'est comme la mienne ! se mit à sangloter sœur Aurore.

– Vous avez eu peur de perdre la rente quand Alphéna s'est fiancée. Car le montant devait être versé jusqu'à son mariage seulement, continuai-je froidement. Vous vous êtes arrangée pour faire échouer son union.

– C'est faux ! cria-t-elle. L'argent n'a jamais compté pour moi. Il n'a servi qu'aux besoins d'Alphéna. Si je m'opposais à ce mariage, la seule raison en était qu'elle aurait gâché sa vie en perdant tous ses droits civils. La loi considère les femmes mariées comme des enfants mineurs, comme des moins que rien ! Le mari décide seul de tout. C'est inacceptable !

– En ce point, ma petite-cousine a parfaitement raison, admit pensivement le notaire Leduc. La loi actuelle de la province de Québec avilit le beau sexe. *Dura lex, sed lex !* La loi est dure, mais c'est la loi !

– J'ai vu ma mère mourir à l'âge de trente-six ans en mettant au monde son quinzième enfant, continua encore sœur Aurore, en essuyant d'une main rageuse les larmes qui inondaient à présent son visage. La congrégation m'a sauvée de cette prison-là et elle a été toute ma sécurité. Je voulais également sauver Alphéna du calvaire du mariage et lui permettre de faire toutes les études qu'elle désirait poursuivre.

— Mais je voulais me marier, moi ! protesta la novice. Je n'ai jamais voulu entrer en religion comme vous ! Mon fiancé m'adorait !

Je m'approchai alors de sœur Alphéna.

— Vous vouliez si peu devenir religieuse que, cette nuit-là, vous avez été somnambule, ma sœur, dis-je.

— Malgré les cachets que j'avais avalés pour dormir ? bégaya la novice en pâlissant.

— Malgré ces cachets, confirmai-je. Car vous ne mettez jamais de bonnet de nuit pour dormir. Si vous aviez vraiment été au lit au moment où sœur Aurore a crié, auriez-vous pris le temps d'en enfiler un en vous levant ? Quand vous avez allumé la lumière de notre dortoir, je vous ai bien vue avec un bonnet de nuit sur la tête, alors que vous m'avez affirmé n'avoir pas même pris le temps de chausser des pantoufles avant d'accourir chez l'économe.

— Je me suis réveillée dans la chambre de sœur Aurore à l'instant où elle a crié, admit Alphéna.

Au même moment, je rêvais que je me battais contre un dragon. À mon réveil, j'ai même cru voir une petite ombre qui fuyait. J'ai bien peur d'avoir tenté d'étrangler notre économe alors que j'étais somnambule. C'est moi qui suis ta coupable, Vipérine.

Je déployai alors un très large sourire.

– Non, ma sœur, je ne crois pas que ce soit vous, rétorquai-je. Ou du moins, vous n'êtes pas la seule coupable.

– Mais alors, qui d'autre ? me demandèrent-ils tous d'une seule voix.

– J'ai réussi à identifier le coupable en écoutant sœur Alphéna raconter *La Petite Fille aux allumettes*. La proximité de deux inventions faites au milieu du XIXe siècle m'a alors sauté au visage, et la bibliothèque du couvent m'a ensuite fourni tous les détails historiques pour confirmer mes soupçons. En Europe, vers 1846, à l'époque à laquelle Hans Christian Andersen a composé son histoire, un dénommé Scheele avait, non pas créé les allumettes chimiques, mais une couleur bleu-vert très jolie : le vert de Scheele. Cette teinture a été vendue partout dans le monde entre autres pour colorer les bougies. On a utilisé le vert de Scheele pendant plus d'un demi-siècle, donc jusqu'aux environs des années 1900, avant de s'apercevoir qu'il contenait des sels arsenicaux très nocifs causant des vertiges, des hallucinations, des vomissements et… des décès.

Je regardai un à un mes auditeurs et exhibai devant leurs yeux la petite bougie que j'avais subtilisée ce matin même dans la chambre de sœur Aurore et glissée dans ma poche de sœur.

— C'est ici, sur ce point commun, que convergent mes histoires : il y avait un grand nombre de bougies qui brûlaient dans l'arbre en cette veille de Noël 1895. Et, en ce 23 décembre 1920, une petite bougie turquoise a presque totalement brûlé avant que sœur Aurore ne se décide à la souffler. Or, la cellule de l'économe est très exiguë et les vapeurs nocives n'ont pas tardé à étouffer la religieuse. Étouffer, dis-je bien, et non pas étrangler. Si sœur Aurore a cru sentir de petites mains glacées lui secouer les épaules, sans doute est-ce dû à une hallucination causée par le vert de Scheele. À moins qu'une présence aux mains glacées n'ait tout bonnement voulu l'éveiller pour l'arracher à la mort…

Je regardai un à un mes auditeurs captivés.

— Même si j'ai l'esprit plutôt cartésien, fis-je encore en me grattant le crâne, j'avoue qu'il est étrange que sœur Alphéna ait affirmé avoir vu une ombre d'enfant s'enfuir à son arrivée dans la chambre de l'économe. Une ombre qui rappelle celle du petit Zéphirin Leduc, par exemple. Vision ou hallucination…

La novice hocha lentement la tête en signe d'approbation. Je me tus. Le silence était lourdement retombé sur nous, tel le couperet d'une guillotine, et chacun devait trancher pour trouver sa propre vérité. Je lançai un nouveau regard à Alphéna. Ses bras s'étaient refermés sur l'économe, qu'elle berçait comme une petite fille. Mes histoires étaient maintenant terminées et il était temps d'aller au lit.

Épilogue

Au moment fatidique du baiser, la voix de l'orgue, puissante et magnifique, transperça le silence tandis que le soleil lançait ses rayons contre les grands vitraux multicolores. Debout dans l'assistance, je frissonnai, éblouie.

La petite église n'avait pas connu de mariage double depuis 1914, début de la Première Guerre mondiale. Mais le temple était presque vide en ce samedi d'avril 1921, comme s'il voulait préserver l'intimité un peu mystérieuse de ces deux unions très particulières. Devant nous, Alphéna, au bras de son mari et ancien fiancé, rayonnait de bonheur. L'ex-novice avait troqué l'austérité de son costume noir pour la beauté chaste d'une petite robe blanche cousue par la sœur économe elle-même. Quatre mois auparavant, cette dernière lui avait remis, en même temps que sa bénédiction et parfaitement ficelées, toutes les lettres confisquées et non décachetées que lui avait écrites en deux ans son amoureux éploré. Quant à Philomène Dufour, accrochée au bras d'un maître Leduc passionné, elle portait simplement pour son mariage en secondes noces un tailleur de laine jaune pâle, élégant et discret, sur lequel elle avait déposé un boa de plumes.

À côté de moi, Octave me prit discrètement la main, que je tentai en vain de dégager. Ma tante Saint-Ignace, plantée à ma gauche, tourna la tête vers moi.

– Si le bonheur déborde aujourd'hui de cette église, ma petite Vipérine, c'est bien grâce à toi, chuchota-t-elle d'une voix émue en me saisissant l'autre main.

Octave serra mes doigts plus fort encore et je remerciai le ciel qu'Olivine, assise devant nous avec Alice Bourret, n'ait pas vu son geste. Ainsi, ce matin, pour plaire davantage à Octave, la petite coquette avait attaché sa longue robe noire de couventine avec une corde afin qu'elle ne dépasse pas de son manteau.

– Tu ne trouves pas que je ressemble à une danseuse de charleston avec mes cheveux coupés au carré ? m'avait-elle demandé.

Octave n'avait pas même daigné la regarder puisqu'il n'avait d'yeux que pour moi. Je me sentais néanmoins un peu triste car je ne voulais en rien causer de chagrin à ma Vivine adorée. Je la laissai donc attraper le bouquet lancé par la veuve remariée, bouquet qui flétrirait comme le rêve de son premier amour déçu. Alphéna qui avait, pour sa part, réalisé son rêve le plus fou et le plus beau, m'offrit l'autre bouquet.

– Accroche-toi bien à ton rêve, murmura-t-elle à mon oreille.

Exposée à cette joie victorieuse, je compris enfin que nos désirs les plus tenaces annoncent ce dont nous sommes capables. Mais, comme dirait le marchand de glace Uldoric Pinard : « Allez savoir… batêche ! »

Table

Prologue, *5*
1. Sœur Aurore, *14*
2. Olivine Maltais, *26*
3. Maître Philéas Leduc, *38*
4. Hortense, *51*
5. Uldoric Pinard, *60*
6. Philomène Dufour, *67*
7. Alphéna, *76*
8. Alice Bourret, *86*
9. Fouilles et cafouillis, *92*
10. Le dernier acte, *100*

Épilogue, *122*

Sylvie Brien

L'auteur

Sylvie Brien est née au Québec en 1959. Elle a longtemps exercé la profession de notaire, avant de se consacrer entièrement à l'écriture, son plus grand rêve d'enfance. L'archéologie mythique, l'histoire et les phénomènes inexpliqués sont pour elle trois passions, qui nourrissent ses romans. Ils se distinguent tous par un étonnant mélange d'humour, de suspense et de mystère, qu'ils s'adressent aux enfants ou aux adultes. Pour la jeunesse, elle a notamment publié *16 ans et patriote*, *La Voie de Zahra* (tous deux aux éditions Bayard Canada) et deux séries, «La Bande de la 7e» (Hurtubise) et «Les Enquêtes de Vipérine Maltais» (Gallimard Jeunesse). *Mortels Noëls* est le premier récit des aventures de la jeune enquêtrice, qui se poursuivent avec *L'Affaire du collège indien*, *Le Secret du choriste* et *La Voix du diable*.

Du même auteur chez Gallimard Jeunesse

Les Enquêtes de Vipérine Maltais
  1. Mortels Noëls
  2. L'Affaire du collège indien
  3. Le Secret du choriste
  4. La Voix du diable

Spirit Lake

Le papier de cet ouvrage est composé de fibres naturelles, renouvelables, recyclables et fabriquées à partir de bois provenant de forêts gérées durablement.

Mise en pages : Françoise Pham

Loi n° 49-956 du 16 juillet 1949
sur les publications destinées à la jeunesse
ISBN : 978-2-07-511035-8
Numéro d'édition : 338703
Dépôt légal : novembre 2018
Imprimé en Espagne par Novoprint (Barcelone)